再這樣下去妳會死喔，紅衣人。
黑兔，
那到底是…？
——……
…………
珮絲特
仁
飛鳥

與其當一個能夠犧牲自我的聖者，
我選擇成為
而且，理解力差的勇者。
久遠飛鳥
春日部耀

逆迴
十六夜
我還要徹頭徹尾地確實拯救妳！

我的太陽究竟在何處──？
蕾蒂西亞

問題兒童都來自異世界？

攻擊第十三顆太陽！

Tatsunokotarou
竜ノ湖太郎
illustration
天之有

Kadokawa Fantastic Novels

問題兒童都來自異世界？

攻擊第十三顆太陽！

contents

Character
……主要負責戰鬥的是除了黑兔以外的我們。
問題兒童之三
春日部耀
恩賜名
「生命目錄」(Genom Tree)與「No Former」
哎呀，被稱為問題兒童真是讓人遺憾呢。
問題兒童之二
久遠飛鳥
恩賜名
「威光」
這個世界有趣嗎？
問題兒童之一
逆迴十六夜
恩賜名
「真相不明」(Code Unknown)
各位問題兒童，請好好聽人家說話呀——！
召喚問題兒童們來此的罪魁禍首，「No Name」的賞玩用小動物。
黑兔
該讓黑兔穿上什麼才好呢？
東區階層支配者，外表是和服蘿莉少女。
白夜叉
謹遵命令，我的主人。
前任魔王，吸血鬼的純血種。現在是女僕！
蕾蒂西亞
為了讓「No Name」復活，我會好好努力。
共同體「No Name」的領導者
仁

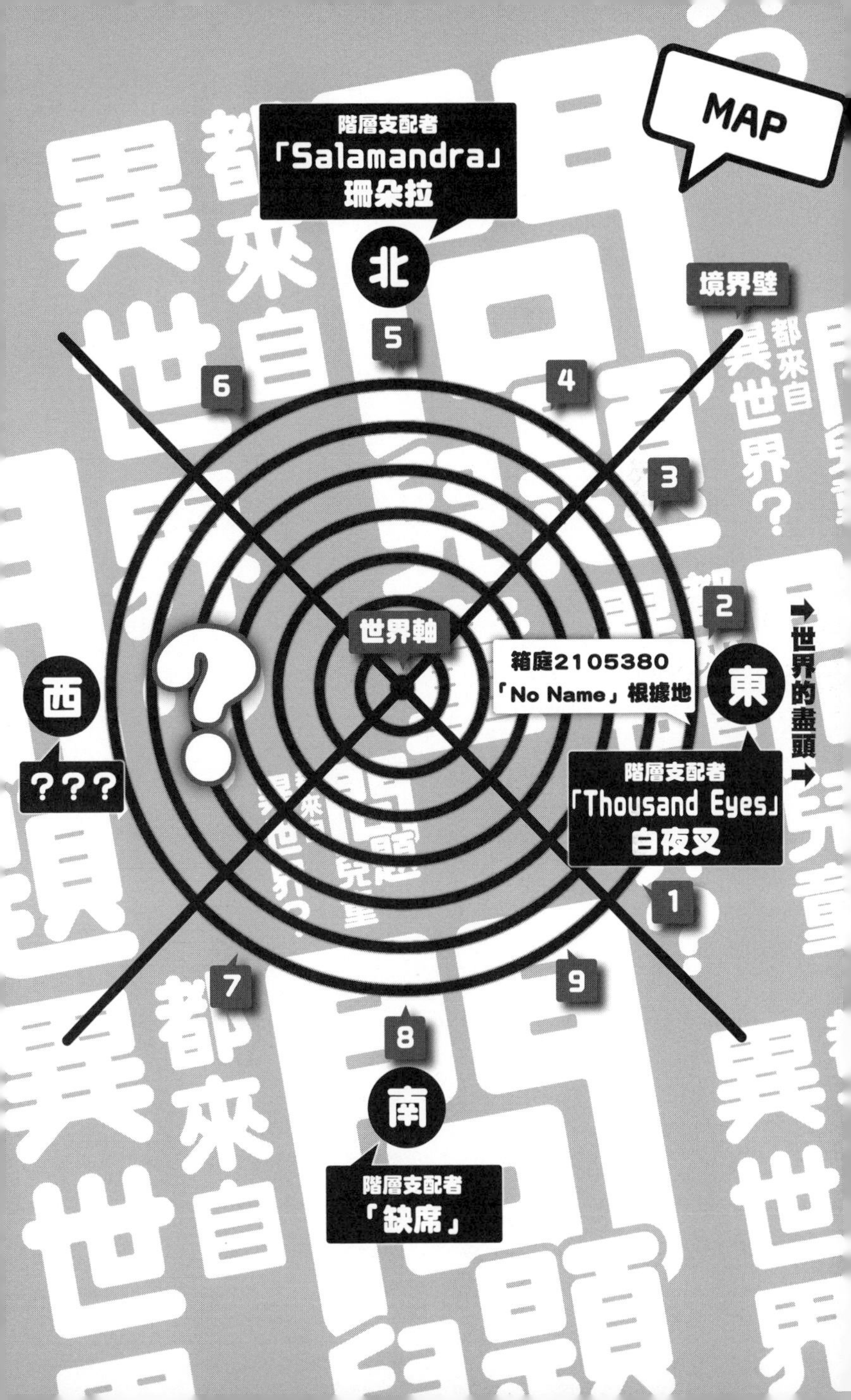
MAP
階層支配者
「Salamandra」
珊朵拉
北
境界壁
5
4
6
3
2
世界軸
箱庭2105380
「No Name」根據地
東
→世界的盡頭→
西
???
階層支配者
「Thousand Eyes」
白夜叉
1
7
9
8
南
階層支配者
「缺席」

序章

——二XXX年，春日部醫院。七〇八號病房。

最後一次和父親對話的時間，是在自己剛滿十一歲那年的秋天。

至於地點，則是在能夠看到青藍色天空和海洋的私營醫院病床上。

長年以來一直下落不明的父親——春日部孝明突然出現在我面前，對我述說許多旅行中的體驗見聞。

「……擁有鷲的鉤喙和獅子身體的動物？」

「嗯，叫做獅鷲獸。不但勇敢又強韌，而且擁有很高的自尊心。畢竟牠們是天空和大地之王，利用巨大羽翼和強壯四肢在空中驅馳的模樣比任何動物都還雄偉壯大。」

父親靜靜地敘述著回憶，仰望青藍色天空的眼神焦點已飄向遠方。

來探病的父親難得地穿了西裝。我的記憶或印象中的父親總是穿著隨性的服裝，這種模樣反而讓我覺得很新鮮。雖然父親的身形算是高大，然而體格卻有著漂亮的均衡比例，他端正姿勢坐在床邊，以沉穩的態度對我述說旅行經歷。

因為無法和引以為傲的父親共同創造回憶而感到不滿的我，賭氣般地把腳前後踢來踢去，以帶著渴望的口氣低聲說道：

「……我也很想見獅鷲獸。」

「什麼？」

「我想和獅鷲獸成為朋友，請牠載著我……像爸爸這樣，到處去見識外部世界。」

這段話以連我自己都有點訝異的強烈語氣脫口而出。

然而這是無法實現的願望。

即使出生於這個被歌頌為「人類萬能」的時代，我的體質依然被視為束手無策的不治之症。就連憑自己的雙腳步行都無法辦到的我即使跟著父親外出，也只會拖累他而已吧。

然而就算我很明白講這種話是在耍任性，依然無法克制講這種話的衝動。

對於被關在純白病房裡的我來說，父親描述的外部世界……是一個充滿鮮艷生命色彩和氣息，宛如夢境般的場所。

聽到我的任性發言後，父親並沒有表現出為難反應，只是輕輕瞇起那對安祥沉穩的雙眼，低聲喃喃說道：

「……是嗎？那麼，果然這也是一種命運吧。」

「咦？」

「耀，這東西就交給妳保管了。比起其他任何東西，這是現在的妳最不可或缺之物。」

語畢，父親就從懷中拿出一條項鍊，掛到了我的脖子上。

接著他讓我握住項鍊前端的木雕工藝品。

「只要有這條記載著演化樹的項鍊，在妳遇上獅鷲獸時應該也能有所助益。」

「……只要有這條項鍊？」

「嗯，只要有這條項鍊，無論是碰上何種動物，都可以從對方……啊，算了……」

父親講到一半停口，把視線移往正待在窗邊溫暖陽光下，把身子縮成一團的三毛貓。

似乎很想睡的三毛貓響亮地「喵～」了一聲，父親卻突然隨手把牠抱起，朝著我這邊丟了過來。

「喵嗚！」

「哇……哇哇！」

三毛貓雖然因為這突如其來的粗暴對待而發出慘叫，不過總算還是順利著地。

至於胸口遭受衝撞攻擊的我則往後仰撞到了後腦。我忍不住地鼓起雙頰，張開嘴巴打算向父親抱怨——

「老……老爺！你這麼突然是在做什麼啊！」

「把你丟出去。」

「沒錯……不對，我並不是真的想問你做了什麼啊！你裝什麼傻！我是在問你為什麼要把我丟出去！」

「我是想惹毛你。」
「是這樣嗎？你這混帳實在很亂來啊啊啊啊！」
三毛貓倒豎著毛發出生氣吼聲，父親則擺出一臉不關己事的態度。
依然緊握著木雕項鍊的我目瞪口呆地聽著兩人（？）之間的對話。
「……三毛貓？」
「嗯，什麼事啊，小姐？」
「……原來……你會講人話？」
「唔？……喔？哦哦哦？連小姐也變得可以跟老頭子我對話了嗎！」
三毛貓以類似關西腔的口音表示驚訝。第一次聽到三毛貓開口說話的我驚訝又困惑地張大雙眼，伸出發抖的雙手用力抱緊三毛貓。
「好棒！我居然和三毛貓在對話！」
「嗯，這是剛剛交給妳的那條項鍊的力量。只要有這條項鍊，就可以和各式各樣的動物交談……不過，不只是這樣。」
父親伸出雙手，抱起病床上的我，接著放到地上。
這時我受到了第二次的衝擊。
雖然還很虛弱——然而那雙原本連站立都無法辦到的雙腳現在卻撐起了我的身體。
「……這是真的嗎……！」

序章

「是真的。只要戴著這條項鍊和各種動物接觸，妳的身體就會變得比現在更加強壯。不光能離開這間醫院，甚至一個人前往學校或城鎮也沒有問題。」

父親這麼說完，鬆手放開了我的身體。

還無法長時間站立的我立刻倒回床上。

「……如果我和更多、更多動物成為朋友，就能變得更會走路？」

「嗯。」

「也能夠和獅鷲獸成為朋友嗎？」

我微微歪著頭提出這個問題，父親立刻換上為難的表情。

「……這個嘛，會怎樣呢？能不能和獅鷲獸成為朋友，全看耀妳自己如何表現。而且就算妳有機會遇見牠們，若是決心還不夠徹底就千萬別接近，因為牠們真的很崇高又極為注重尊嚴。要是無論如何妳依然想成為能和獅鷲獸平起平坐的朋友，那麼妳必須以全力展示出妳的誠摯真心……而且是那種即使賭上性命也在所不惜的決心。」

父親嚴厲的眼神讓我有些害怕。如果這番話只是在嚇唬我，未免過於沉重。

「爸爸你也是賭命之後，才和獅鷲獸當上朋友嗎？」

「嗯？是……是啦……也可以那樣說。不過我的情況該說是互毆，甚至該形容成彼此都想殺死對方……哎呀，現在回想起來，那時還真是亂來。面對德拉科·格萊夫居然還敢空手和對方互毆，我那時大概是醉昏頭了或者是過於年輕氣盛……」

「？」

父親突然壓低音量嘀咕了一長串，讓原本就已經很低沉的聲音變得更難聽清。我知道這是父親試圖掩飾尷尬時的習慣，因此故意放他一馬不繼續追究。

「總之，妳要重視自己的朋友。當妳前往外面生存時，朋友將成為最重要的財產。」

「……對爸爸來說也是這樣？」

「嗯。要是沒有他們……就沒有現在的我吧。」

父親以恍然的眼神凝視著逐漸西沉的夕陽。看到他這個眼神，讓我產生了一個想法。要是將來自己能夠認識要好的朋友——一定要把那些人看得比任何人都更為珍重。

「太陽開始下山了，我也差不多得走了。」

「……是嗎？那我送爸爸出去。」

好不容易終於可以走路，我想至少要送到醫院的大門口。搖搖晃晃地站了起來之後，卻看到父親一臉為難地阻止我，只好放棄這個念頭。

父親笨拙又粗魯地摸了摸我的頭，才瞇起那對沉靜平穩的雙眼。

「——下一次，我會在兩年後的今天……滿月的夜晚來接妳。」

「……咦？」

「只要有那條項鍊，妳的身體一定可以變得比現在更加強壯。所以來訂下約定吧，下一次——我一定會帶著妳一起去旅行。」

序章

父親以彷彿在深深煩惱什麼的語氣留下這些誓言，離開了我的身邊。

——只剩下我一人的病房裡被寂靜占滿。

我在內心不斷反芻著和父親的約定，靜靜地握緊了項鍊。

以那天為界，父親留下的約定成為我度過每一天的動力。

從三毛貓開始，我和各式各樣的動物培養出深厚感情，以一次次的邂逅來鍛鍊自己。甚至才花了短短半年，就讓至今為止連走路都有困難的這副身體變得能夠奔跑。

對於被困在病房裡度過了一半人生的我來說，和動物們交朋友是一件既新鮮又有趣的事情。

要我和同年代的人類朋友一起行動反而困難得多。

周遭的人類和同年紀的女孩們沒有任何人相信我說的話，因為父親和獅鷲獸的事情被嘲笑時，我也曾經因為太不甘心而落淚。

發生這種情況之後，我決定只和動物朋友們接觸。

即使和人類建立友誼，反正也會在兩年後和對方道別。於是我決定乾脆從一開始就不要交朋友，並在周圍建立起保護自身的隔牆。

隨著時間流逝，逐漸孤立於社會之外的我到最後終於和親戚們也變得疏遠，只剩下動物們願意與我親近。即使如此我也毫不介意。

「下一次──我一定會帶著妳一起去旅行。」

因為光是回憶起這個約定……我的內心就能充滿溫暖的感情。

──以這種形式度過了兩年歲月之後，約定的日子終於到來。

我抱著懷中的三毛貓，站在吹拂著強勁夜風的庭園中心──任憑不斷落下的大顆眼淚沾濕自己的臉頰。

「我會在兩年後的今天……滿月的夜晚來接妳──」

那天應該會是滿月之夜。

以月亮的週期來計算，也應該正好是滿月之夜。

明明只有約定的這個夜晚，一定要是滿月之夜。

然而度過了十五個夜晚，應該要迎接滿月的星空中──卻是已經稍有欠缺的十六夜之月在展露著嘲諷微笑。

約定並沒有被實踐。

……父親他，沒有來接我。

第一章

「……作了個討厭的夢……」

耀在用樹根鋪成的床上翻了個身，自言自語般地喃喃說道。

現在是深夜時分，連路燈也已經熄滅。「Underwood 地下都市」裡雖然隨時吹拂著河邊涼風，然而一旦到了晚上，這風就會帶著點涼意。這大概也是收穫祭的主要遊戲都集中在日間舉行的原因吧。

明天將要舉辦前夜祭的主要遊戲「Hippocamp 的騎師」。耀原本想要讓身體多多休息，然而卻沒想到還有如此不識相的惡夢。

（……想和獅鷲獸交朋友……嗎？）

耀回想起和父親最後的對話，伸手緊握住項鍊。在那之後已經過了三年的歲月，雖然因為被鄰居嘲笑而絕口不提此事，不過現在她就能夠滿懷信心地主張。

父親曾經旅行過的地方，一定就是這個箱庭世界。

（——……）

耀輕輕笑了，再度翻了個身。

雖然的確是自己以「外部世界」來作為比喻，然而耀卻連作夢都不曾想到，父親真的是在談論「世界的外側」。即使曾經從親戚那邊聽說過父親有著喜歡四處遊蕩的壞毛病，但是知道他居然拋下女兒跑到異世界流浪之後，反而會讓人因為過度氣憤，導致除了笑以外不知該做何回應。耀躺在床上面露苦笑，睡在枕邊的三毛貓睡眼惺忪地抬起頭。

「……小姐？怎麼了嗎？」

「不，沒什麼。抱歉吵醒你了。」

耀一邊道歉一邊伸手摸著三毛貓的喉嚨。

三毛貓似乎很舒服地伸了個懶腰，再度把身子縮成一團。

（要是把爸爸的事情告訴三毛貓……牠一定會說要去找爸爸吧？）

耀稍微瞇起眼睛，握緊項鍊。不過她本身認為這是一個不可能達成的任務。

來到箱庭之後，耀並沒有試圖尋找父親的理由主要有三。

其中最大的理由，是因為「三人各自從不同時代被召喚來此地」這一點。

既然可以從任何時代將人召喚來箱庭，就等於在暗示有可能會被召喚進入「任一時期的箱庭」。

若以耀目前身處的時期為基準進行觀測，她父親是存在於「過去的箱庭」呢？還是「未來的箱庭」呢？目前的狀況就是連這點都無法確定，所以根本無從著手尋找。

至於另一個重大理由…………果然還是因為那封邀請函。

「捨棄家族、友人、財產，以及世界的一切，前來箱庭。」

就是因為被這句要求自己必須捨棄過去、家人，以及自身所有一切並前來箱庭的發言所打動，耀現在才會待在箱庭。她捨棄了過去那個在人際關係方面總是保持距離，只和動物心靈交流的自己……為了獲得新的朋友而前來箱庭。

回應召喚的十六夜和飛鳥應該也捨棄了相同的事物，這種情況下要是只有自己還過著被過去所牽絆的生活，將會造成步調無法一致。更不用說這次還做出了簡直是在陷害十六夜的行徑，給整個共同體添了麻煩。所以無論如何，耀都想避免造成更嚴重的不和。

（……話說回來，十六夜好像是今天晚上會到達這邊？）

耀從床上起身，伸手拿起放在燭台旁邊的貓耳耳機。

（……光是把湊數的耳機交給他果然還是不行，至少要連明天在「Hippocamp 的騎師」中獲得的恩賜也一起贈送給他……）

還要好好道歉。雖然道歉後並不一定能獲得對方原諒，然而講求正確條理依然是在人類社會中生存時必須遵守的規則。

（愛夏好像也會參加這個遊戲，不過這次我絕對不能輸。明天要一大早就去挑選「海駒」，找一隻可以信賴依靠的夥伴。）

耀用力握拳，拿著貓耳耳機又縮回被窩裡。

……然而，或許是因為幹勁高漲，興奮之下無法入眠。

當耀正在考慮到底該怎麼做才能睡著時，不知從什麼地方響起了撥弄琴弦的聲音。

（…………嗯……）

——嘡……令人心曠神怡的音色刺激著她的耳朵。雖然這音色似乎曾經在哪聽過，不過卻因為太想睡所以並沒有那麼在意。耀的眼皮突然變重，昏昏沉沉地逐漸陷入夢鄉。

在耀打算把身體交給和緩的睡意，讓意識飄然遠去的下一剎那——

伴隨著一道雷光，宿舍捲起了大量煙塵，接著連同地盤一起整個崩塌。

「嗚喵！」

「哇……呀…………！」

閃電四處亂竄，將大地刮上天空。被爆炸衝擊波拋向半空的耀和三毛貓甚至還被推到了「Underwood」的斷崖絕壁邊，差點摔下那片有著大瀑布的懸崖。

一翻身調整好姿勢之後，耀立刻為了要掌握現況而動起腦思考。

（剛剛的琴音……！是我昨天搶來的豎琴音色……？）

這能奪走意識的琴弦，是耀從敵人手中奪回的「黃金豎琴」。

耀沒有花費多少時間，就察覺出那豎琴因為某種原因又被敵人搶了回去。

她甩掉睡魔的糾纏，為了儘快和「No Name」其他成員會合而站起身子。然而接二連三劈下的閃電卻燒毀了大樹的根部，並引起土石崩塌。

瓦礫和落石如同瀑布般不斷撒下。巧妙閃過這些的耀用眼角餘光注意到一名太晚逃走的樹靈少女。

「呀啊！」

「危險！」

耀捲起風飛翔，在崩落的土石中抓住了樹靈少女的手。靈巧鑽過被燒毀的大樹樹根後，看清自己拯救對象的耀顯得有點訝異。

「妳還好嗎…………咦？妳是那個待在收穫祭接待處的女孩吧？」

「是……是的，我叫做桐乃。妳是『No Name』的…………？」

「嗯。雖然我想讓彼此都好好自我介紹，不過還是等晚點再說吧。」

「我……我明白了。」

名叫桐乃的樹靈少女很有禮貌地低頭行禮，頭上的鮮花髮飾也跟著不斷晃動。

耀抱住桐乃，閃躲著殘骸並往前飛翔。這段期間內雷鳴聲依然在「Underwood」內轟隆迴響著。為了盡量多收集到一些情報，耀讓自身的聽覺靈敏度提昇到最高極限，窺探著周圍的情況。於是她聽見從「Underwood」的瞭望台上傳來了讓人介意的對話。

「不……不好了！連巨人族也開始向這邊進攻了！」

「什麼！」

「可惡！居然趁著這種緊急情況時跟著來搗亂…………！」

耀才剛聽清楚這段對話，立刻就響起警告巨人族襲擊的鐘聲。
在悽慘叫聲正此起彼落的情況下，這噩耗彷彿給了一記無情的追擊。
被耀抱在懷中的桐乃臉色蒼白地倒吸了一口氣。
「這是通知有敵人來襲的鐘聲……！怎麼會……居然連巨人族都出現了……」
桐乃的聲調中透出絕望，不斷發抖的她緊緊抓住耀不放。
然而耀卻對其他的部分產生了疑問。
（…………「巨人族也」？）
這個不對勁的感覺讓她皺起眉頭。下一瞬間，黑色的密封信件就從空中飛舞而下。
耀伸手抓住掃過自己鼻尖的黑色信件，立刻臉色發白。
「這……這是已經密封的黑色『契約文件』？該不會——？」
她把原本抱在懷中的桐乃先放到地上，帶著緊張表情打開信封。

「恩賜遊戲名『SUN SYNCHRONOUS ORBIT in VAMPIRE KING』
・參賽者一覽：
・被獸帶捲入的所有生命體。

※遇上獸帶消失的情況時，將無期限暫時中斷遊戲。

・參賽者方敗北條件：

・無（即使死亡也不會被視為敗北。）

・參賽者方禁止事項：

・無。

・參賽者方處罰條款：

・將針對和遊戲領袖交戰過的所有參賽者設下時間限制。

・時間限制每十天就會重設並不斷循環。

・處罰將從『穿刺刑』、『釘刑』、『火刑』中以亂數選出。

・解除方法只有在遊戲遭到破解以及中斷之際才得以適用。

※參賽者死亡並不包含在解除條件之內，將會永久地遭受刑罰。

・主辦者方勝利條件：

・無。

．參賽者方勝利條件：

一、殺死遊戲領袖：『魔王德古拉』。

二、殺死遊戲領袖：『蕾蒂西亞．德克雷亞』。

三、收集被打碎的星空，將獸帶奉獻給王座。

四、遵循以正確形式回歸王座的獸帶之引導，射穿被鐵鍊綁住之革命主導者的心臟。

宣誓：尊重上述內容，基於榮耀、旗幟與主辦者權限，舉辦恩賜遊戲。

『　　　』印」

「這…………這遊戲是怎麼回事……？」

書面上記載的內容非常荒唐。

雖然耀已經在箱庭生活了兩個月，然而她卻是第一次看到這樣的內容。

尤其是記述於處罰條款部分的凶惡規則。和耀至今見識過的恩賜遊戲相比，明顯地散發出異常的存在感和惡意。

（而……而且這上面還寫蕾蒂西亞是遊戲領袖…………這到底是怎麼——？）

「危險！快閃開！」

因為桐乃大喊而吃了一驚的耀趕忙往後跳開。

原來是有兩塊類似岩石的物體掉到了距離兩人不遠之處。

如果說是土石崩塌，這兩塊岩石掉下來的情形就顯得不太自然，因此耀看向岩石的眼神裡也帶著不解。雖然兩人繼續觀察了好一陣子，然而就算想要做出判斷，目前的情報也不夠。

當判斷現在應該要儘快前往地表的耀轉身背對岩石的那瞬間——

岩石伸出巨大觸手，抓住桐乃。

「呀啊！」

「桐……桐乃……！」

耀後悔地暗叫「糟了！」卻已經太遲了。仔細一看岩石不只長出了十條巨大的觸手，還另外冒出了四隻腳，開始移動那龐大的身軀。

而且另一個岩石則是全身都散發出猛烈的熱氣，化為全長約有二十尺的火蜥蜴，到處吐出灼熱的噴火來燒毀建築物。

「小……小姐！岩石變成怪物了！」

「……這是火蜥蜴……和長著觸手的怪物？」

兩隻怪物雖然體格方面比不上巨人族，然而存在感卻能和巨人相匹敵。

判斷需要幫手的耀觀察四周尋找同伴，卻沒有發現任何人的蹤影。

她看了看在燒毀的樹根殘骸以及崩塌土石中驚慌奔逃的「Underwood」居民，露出下定決心的表情，把懷中的三毛貓放下。

「小……小姐……？」

「……三毛貓，我要去引走那兩隻怪物，你幫我去找飛鳥他們。」

「可……可是啊……要對付兩隻那樣的怪物……！」

「別擔心，我不會逞強，救出桐乃之後我也會立刻和你們會合——快去吧！」

話聲剛落，耀就捲起旋風往上飛翔。

三毛貓不甘心地咬了咬牙，才聽話轉往反方向往前衝了出去。

在那之後，夜空中立刻出現了耀眼的藍白色閃電，籠罩住整個「Underwood」。

*

砰！因為撞到後腦帶來的強烈衝擊，讓久遠飛鳥醒了過來。

原本正在熟睡的飛鳥因為頭部受到幾乎讓她眼冒金星的撞擊，因此含著眼淚坐起身子。

「好痛…………！到……到底發生什麼事了……？」

「……這話講得還真悠哉呢。」

這時，從後方傳來沉穩卻帶著不以為然的語調。

飛鳥不太高興地皺起眉頭轉身一看，只見一名身穿純白鎧甲和長禮服，臉上戴著面具的女性——斐思・雷斯正站在自己身後。

她身邊則是瓦礫堆成的小山，彷彿剛剛才遭到轟炸。

放眼望去，周遭是一片悽慘哀鳴和灼熱火海。

一眼就看得出來目前發生了異常事態。雖然飛鳥向來很會賴床，這下也睡意全消。她用力站起挺直身體，以毅然態度對著斐思・雷斯發問：

「……發生什麼事了？是巨人族來襲嗎？」

「這個嘛，妳何不用自己的眼睛確認？」

斐思・雷斯以冷冷語調回答之後轉過身子。看到即使面臨異常事態她依然不肯表現出合作態度，飛鳥露出了帶著輕蔑的視線。

「我說妳呀，現在不是可以耍性子亂來的時候——」

——咻！響起空氣被劃破的聲音。

一陣風輕撫般地掃過飛鳥的臉頰之後，背後就傳來巨大生物倒下的聲響。

不知道發生什麼事情的飛鳥轉身一看——只見背後有一條鱗片鮮艷得像是有毒的大蛇，在僅僅一擊之下被斬斷脖子結束了生命。

喀鏘！這時又從反方向傳來收劍回鞘的聲音。飛鳥到此時才終於領悟，剛剛的迅速攻擊是出自於斐思．雷斯之手。同時，她的身體也打了一陣寒顫。

明明對方就站在自己的眼前，然而飛鳥卻完全不明白她究竟用劍做了什麼動作。萬一目標不是大蛇而是飛鳥本身，恐怕還來不及領悟自己遭受攻擊就已經失去性命。

斐思．雷斯像是在報復般地隔著面具送出輕蔑的視線，嘴角還浮現出不以為然的笑容。

「妳也一樣，該快點弄清楚狀況。被我救了三次卻連一聲謝謝都不會說，會讓人懷疑妳的教養喔。」

「……嗚……！」

雖然飛鳥因為難為情而滿臉通紅，胸中也累積了簡直快要爆發的怒氣，然而她還是靠著全副努力和自尊，硬是把這股怒氣又壓回丹田。

雖然這番話聽來刺耳，然而斐思．雷斯的主張卻很正確。

要是繼續回嘴只會讓自己一而再再而三蒙羞，然而也無法率直道謝——當飛鳥正覺得滿腹悶氣時，從高一層的岩壁上傳來仁．拉塞爾的聲音。

「飛鳥小姐！妳沒事嗎！」

「仁弟弟……！」

仁沿著大樹折斷的根部爬了下來，他身邊還跟著身穿女僕服的珮絲特。然而注意到耀和蕾蒂西亞並未同行，讓飛鳥露出了不安的表情。

「……春日部同學和蕾蒂西亞沒和你們一起行動嗎？」

「是……是的。雖然蕾蒂西亞和我是同一間宿舍……」
聽到仁吞吞吐吐的反應讓飛鳥失望地垂下肩膀。
接著她以視線詢問守在仁背後的珮絲特，然而珮絲特卻連看也不看飛鳥，只是一直凝視著被雷雲覆蓋的夜空。
「……仁，我們最好立刻離開這裡。」
「咦？」
「因為我們彼此之間有著契約，萬一你死了我會很困擾，我也有意願要保護你——不過面對那玩意，就算是我也沒有自信能徹底保護你平安無事。」
雖然珮絲特從容地擺出架式，但她的額頭上卻冒著冷汗。
不知道出了什麼事情的一行人抬頭望向天空的那瞬間——

「——GYEEEEEEEEEEYAAAAAAAAAAAAAAAAAAAAAA
aaaaaaaaaaaaaaaaaaaaaEEEEEEEEEEEYYAAAAAA
AAAAAAAAAAAAAAAAAAAAAAAAAAAAAaaaaaaaaa！」

——飛鳥等人見識到了神話中的光景。
巨龍那足以震撼天地的咆哮聲在「Underwood」全境迴響著。

雖然基於人類的語言認知並無法理解其意義，然而這聲吼叫卻誇示著那壓倒性的絕對存在感。

被這聲彷彿會震破鼓膜的咆哮衝擊過後，飛鳥一行人只能保持著驚嘆表情，抬頭仰望天空。

「仁……仁弟弟……剛剛那是……」

「龍的純血……！怎麼會！最強種為什麼會在下層出現……？」

勉強擠出口的發言裡包含著重重畏懼。即使他們來到箱庭世界後，曾經目睹過各式各樣的奇蹟，然而巨龍依舊擁有那些事物根本無法比擬的超規格存在感。

從覆蓋夜空的厚厚雷雲層中現出身形的是一隻甚至無法推算出正確全長的巨龍。

飛鳥因為不斷竄過背脊的冰冷驚懼感而瑟瑟發抖，但她仍然狠狠咬緊牙關控制住身體。

「……仁弟弟，去找大家吧。我擔心十六夜同學以外的人。」

「好……好的！」

仁也點點頭回應。一行人在岩壁上找到勉強還可以使用的樓梯並隨即開始奔跑，然而珮絲特卻突然粗魯地拉住仁的袖子，阻止他繼續往前。

「仁！不要離開我身邊！」

「珮……珮絲特？」

「——來了！」

珮絲特的聲音透著緊張情緒。夜空中接二連三掃過幾道閃電，從雷雲中現身的巨龍再度發出猛烈咆哮，把鱗片如同散彈般撒向整個「Underwood」。

不久之後巨龍的鱗片就變幻成大蛇、火蜥蜴，或是擁有五根尾巴的大蠍子。

面對這些彷彿是為了包圍「Underwood」而出生的魔獸們，飛鳥等人高舉起恩賜卡，進入備戰狀態。

*

——「Underwood」收穫祭總陣營。

「龍角鷲獅子」聯盟陷入了大混亂。

情形甚至嚴重到傳令交錯夾雜，指揮也無法正確傳達給下方階層的程度，已經呈現共同體之間根本沒有在聯繫合作的狀態。

在混亂不斷傳染擴大的情況下，身為議長的莎拉．特爾多雷克坐在聯盟旗正下方的席位上，保持雙手抱胸的姿勢等待著一個情報。

她緊張地想著，根據那情報的結果——或許會發展成下層全區域的危機。

（南區的「階層支配者」被打倒，之後就出現魔王，彷彿是蓄意要摧毀其繼承者……很像，跟三年前的那個事件很像。）

過去曾和「Salamandra」組成同盟的那個共同體邁向沒落的景象在她的內心來來去去，那事件也是讓原本身為第一繼承人的莎拉決定離開故鄉的導火線。

她一邊回顧著過去的悲劇，同時繼續雙手抱胸坐在議長席上等待。

不消多久，傳令兵就喘著氣衝進了室內。

「議……議長！使者從北區回來了！」

「辛苦了。那麼，北區情況如何？」

「是……是的！就正如議長您的預測，北區的『階層支配者』面前也出現了魔王！現在『Salamandra』和『鬼姬』聯盟的部分共同體正受到魔王的強烈進攻，處於無法行動的狀態！」

「……是嗎？看來無法拜託對方出手救援呢。」

莎拉用力握緊拳頭。她正打算開口表示慰勞之意，這時卻有另一個傳令兵衝了進來。

「議……議長！大事不好了！我們收到通知，說東區白夜叉大人那邊也出現了魔王，目前陷入無法取得聯絡的狀況…………！」

聽到從東區傳來的情報，讓北區傳令兵臉色難看到似乎隨時有可能昏倒。

莎拉雖然沒有表現出來，然而內心也並不平靜。

（…………南區被打倒，北區和東區都出現了魔王，而且似乎還特別針對了「階層支配者」和其候補者……這不可能只是偶然。）

自我主張強烈的魔王們彷彿是接受了調度指揮，一口氣對「階層支配者」發動攻勢。

如果這是真實，甚至是可以稱之為晴天霹靂的壞消息吧。

過去能將其他魔王置於自己支配之下的魔王並不在少數。

然而那也僅限於「拜火教」的魔王、「幻想魔道書群」那類可以從一開始創造、召喚出魔王的情況；或是像「齊天大聖」那種，把魔下統整起來聚集到同一旗幟之下的案例。

若是那種原先就揚起個別旗幟的魔王，絕對不會做出要讓旗幟整合的舉動。魔王之所以被稱為「天災」，正是因為來自於那份孤高的自傲。

因此他們才會貫徹唯我獨尊，讓人既無法預測也無法預先防範，只能如同面對失控暴風般任其摧殘。

而這樣的「天災」現在卻像是事先就商量好般地一起現身，恐怕沒有任何惡夢比這更可怕了。

（既然「階層支配者」無法行動，「龍角鷲獅子」聯盟就沒有能打倒魔王的手段。然而身為主辦者必須負起責任，至少要讓參加者們逃往外門……！）

莎拉從議長席起身，果決地對兩名傳令兵下令：

「辛苦了。北區和東區的情況要當成只有在場者知道的祕密，輕率洩漏只會引起無謂的混亂。你們兩人接下來要直接前去會見『四足』的首領，通知對方為了把參加者們送往外門，他們必須準備大量的運貨馬車和雙輪戰車。要趁著我們將巨人族大軍吸引住的期間，把參加者們送往安全的地方！」

「遵……遵命！」

兩名傳令兵離開總部，沿著大樹的樹幹下滑遠去。

莎拉本身也為了出面迎擊巨人族而拿起從平常就佩帶著的劍，還在雙手手腕和雙腳腳踝扣上向來愛用的金屬製恩惠並進行確認。這些裝備同時也是能提昇她火焰威力的恩賜。

（現在手邊沒有初代——星海龍王大人的龍角，我的力量頂多只能算是是血統較濃的高位生命體。光憑現有的恩賜，到底能夠對應到什麼程度呢……！）

莎拉帶著緊張表情繼續進行戰鬥的準備。

然而這時黑兔卻突然從窗外跳了進來，打破了這種緊迫的氣氛。

「莎拉大人！您平安無事嗎！」

「黑兔……不，這樣正好，妳立刻召集同志準備回去吧。趁我們出面迎戰巨人族的期間，『No Name』成員也趕緊避難——」

「沒有必要那樣做！很快『SUN SYNCHRONOUS ORBIT in VAMPIRE KING』就會因為審議決議獲得受理而進入仲裁程序！雖然沒有收到『主辦者』的反應，然而人家判斷至少可以獲得一星期左右的緩衝時間！」

莎拉猛然吞了口氣，逐漸換上彷彿重獲光明的表情。

「是嗎……！只要有『審判權限』，就可以讓遊戲暫時休戰！」

「ＹＥＳ！所以首先要拜託您掃蕩在『Underwood』境內的魔獸！」

黑兔用力豎直兔耳回答。

雖然總算掌握到反擊的頭緒，然而莎拉又突然換上了不安的語氣：

「那當然沒有問題，不過巨人族也已經逼近。這部分要怎麼辦？」

「關於這件事——」

「議……議……議長！發生了緊急事態！」

砰！這時不同於先前兩人的另一名獸人傳令兵突然氣喘吁吁地衝了進來。

不知道發生什麼事的莎拉以嚴肅表情對傳令兵發問：

「怎麼了？有什麼不妥嗎？」

「並……並不是那樣！不，換個角度來看似乎也可以那樣說……！」

「由於過度驚愕而無法以言語表達」——如果要形容傳令兵表現出的驚惶程度，這大概是最恰當的說法吧。

對於莎拉來說，傳令兵慌亂至此的態度才讓她感到訝異。即使和巨人族對峙，他們也不曾倉皇成這副模樣。更何況傳令兵的臉上雖然帶著驚愕，然而卻沒有出現恐懼的神色。

如果要確切形容傳令兵這堪稱巧妙的奇妙表情——就像是他剛剛目睹了某種彷彿聚集了天上天上所有不可思議，既神祕又怪異且光怪陸離怪誕不經有摩訶不思議大冒險風格又違反規則的詭異生物——簡單來說，就是如此神奇的複雜表情。

雖然莎拉感到很詫異，依然開口斥責無法表達重點的傳令兵：

「我不知道出了什麼事情，不過既然是緊急的消息，就該簡短報告！在你拖拖拉拉的期間，巨人族也會繼續——」

——收尾的「逼近」兩字並沒能講出口。因為當莎拉正要講完整句話的下一瞬間——突然有一隻巨人刺進了總部的窗戶。

「……咦……？」

喀啷咔鏘！窗戶被嚴重破壞，接著傳來震撼整棵大樹的劇烈晃動與衝擊。

這件事讓莎拉瞬間說不出話來。因為從頭部開始被瓦礫與灰塵覆蓋的巨人族戰士並不只是飛了過來，還被某種巨大力量打碎了武器，失去意識。

「這……到底是……」

莎拉的表情表現出她完全不明白到底發生了什麼事。

一旁的黑兔帶著非常尷尬的表情伸出援手。

「呃……這個……人家推測，這應該是被我方同志丟過來的巨人……」

「……被丟過來？」

莎拉忍不住回問，然而黑兔並沒有訂正自己先前的發言。

感到半信半疑的莎拉從已經瓦解的牆壁探出身子，俯視巨人族以及「龍角鷲獅子」聯盟正在交戰的戰場。

「Underwood」是一棵以據說全長有五百公尺的巨大軀幹聞名的水樹。

從位於大樹中段部位的收穫祭總陣營往外看，能夠一覽戰場全貌。

這時，莎拉受到第二次的驚愕襲擊。

在短短數分鐘之前應該已經被逼退到都市附近的「龍角鷲獅子」戰線——現在居然已經重新振作，不但確保了通往外門的退路，甚至多反攻了一些。

而且，先鋒還是個隻身一人的人類少年。

「難道……妳是要告訴我，是那名少年把巨人丟來這裡嗎？」

「怎麼可能發生這種事！」莎拉激動地說道。

已經活了兩百年的她非常清楚人類的極限。就算是神格獲得神靈認可的人類，也不可能同時擁有如此驚人的怪力。雖然莎拉表現出慌亂反應，然而在一旁待機的傳令兵卻像是要附和黑兔發言般地又補充了一段話：

「議長，這位黑兔大人並沒有說謊。而且如果要更進一步地仔細說明，巨人族的侵略是被那名少年一個人……啊，不……那個……講得明確一點！其實光靠著那少年一個人，就造成了幾乎可殲滅巨人族的態勢！」

「……什麼……」

聽到傳令的激動報告，莎拉半張著嘴愣住。

直到第二隻巨人又飛過來刺進大樹裡，目瞪口呆的她才好不容易回神。

＊

──「Underwood」東南方原野。

在最前線戰鬥的格利瞪大雙眼看著眼前的少年，就這樣僵在原地無法動彈。先前為止自己明明還抱著戰死的決心在戰鬥，現在卻像是失了魂般地呆站著。

應該同樣抱著悲壯決意的「龍角鷲獅子」聯盟的同志們現在也停下手腳動作，屏息靜觀著最前線。

占據了最前線的是率領大軍強勢來犯的巨人族，以及無限誕生的大群魔獸。

天上有巨龍，地上有魔獸和巨人。

以清涼又壯觀的水舞台而受人傳頌的「Underwood」的景觀，現在已經墮落成怪物們行使暴力的末世。期望「Underwood」復興而舉行的收穫祭，也慘遭怪物們徹底摧殘。

雖然箱庭世界極為廣闊，然而在這種狀況下能不絕望的人物依然僅限於兩種。

一是神經如同鋼索般粗又遲鈍麻木的人──

──或是連修羅神佛都不畏懼的天生強者。

「…………嗯？聽說對手是凱爾特的巨人族，我原本還以為是指凱爾特神族呢。這下我得修正一下想法了，簡單來說，你們頂多屬於『巨大化的人類』這種幻獸類的範疇吧……不過面對我這種小鬼卻表現出這副模樣，你們的祖先現在大概在哭吧。」

少年似乎很不服地拍拍學生制服肩膀，看了巨人族大軍一眼。

不要說是巨人族，連友方都因為他的一舉一動而動搖後退。

少年腳邊可以看到被他打倒的數百隻巨人族，以及被破壞後四下散落的武器碎片。至於飛散到各處的肉片則來自於被巨龍召喚出來的魔獸。

要簡單認定他只是個來歷不明且默默無名的援軍，在實行上恐怕有困難。

就連曾有一面之緣的格利，也因為少年的誇張表現而驚嘆得不知該如何反應。

「實力如此驚人的人物……為什麼會甘心待在區區『無名』共同體裡……？」

格利是基於「這是一種詐稱」的定義而故意使用「無名」這種講法。也是為了要指責實力如此強大之人卻無法在這個諸神的箱庭中獲得榮光照耀的不合理現狀才刻意這麼說。

將原本支配了巨人族、魔獸，以及「龍角鷲獅子」同志的絕望全都踩碎的少年——逆迴十六夜眼中泛出倨傲光芒，對著巨人族不屑地說道：

「我只說一次，現在立刻給我滾，你們這些廢物。我是為了認真享受收穫祭才來這裡，現在已經得分心去對付會飛的蜥蜴了，你們可別再讓我多耗費無謂的功夫。」

十六夜邊咂舌邊毫不留情地痛罵巨人。

這段狂妄的發言讓戰場的時間再度開始流動。

認定十六夜的言論是種挑釁的巨人族大軍發出鼓舞士氣的吼聲，再度朝著「Underwood」開始進擊。

「嘎吼吼吼吼吼吼吼吼吼吼吼吼——————！」

一名巨人族戰士率先跳了過來，但他手中並沒有拿著能算是武器的物品。

大概是因為對方判斷武器起不了作用，所以才會赤手空拳出手。雖然巨人打著至少要封住十六夜的行動而伸掌試圖抓住他，然而十六夜卻靠著壓倒性速度巧妙地避開了巨人的攻擊。

接著他把巨人的後腦當成踏台，向上跳了起來。至於被當成踏台的巨人則以整張臉都被埋進地面裡的勁道狠狠往下撞。

然而跳上半空是個錯誤決定。

既然十六夜也是人類，「無法飛翔」可說是不言而喻的道理。

巨人族判斷這就是取勝的機會，從四面八方一起丟出鎖鏈捆住十六夜。

「嘎吼吼吼吼吼吼吼吼吼吼吼——————！」

兩層、三層、四層、五層……鎖鏈一層層堆疊。

接著再加上巨人的強大力道，讓鎖鏈開始相互擠壓，彷彿要把內部的物體壓扁。

為了對已經被重重鎖鏈綁住的十六夜施加最後一擊，站在後方的巨人高舉起能放出雷擊的魔杖。

雖然威力遠不及龍放出的天雷，然而巨人的雷球依然散發出足以融化鐵塊的熱量。很明顯，要是對方下手攻擊，連同伴的巨人族也無法倖免於難。

然而拘束住十六夜的巨人族鎖鏈卻依然沒有顯示出鬆脫的跡象。

抓住十六夜的十隻巨人——是以賭上自身性命的決心，來緊握住手上的鎖鏈。

「不……不妙！」

總算回神的格利發出焦躁的喊聲，牠大概也從巨人族的眼神中察覺出他們必死決意吧。格利在自己的四肢上灌注力道，下定決心出手救援。然而這個動作實在太遲了。

高舉起魔杖和閃電的巨人望了一眼已做好心理準備的同志們，點了點頭。

於是包含了巨人族生命和尊嚴的轟隆雷擊就——

「——哈！原來如此，看來在尊嚴方面還沒有墮落嗎？你們這些廢物——！」

——被足以震撼星星的一擊給彈開了。

綁住十六夜的巨人族鎖鏈碎裂成粉末，雷擊則在右拳一擊之下煙消雲散。

雖然巨人族臉上戴著面具，然而即使隔著一層面具也能夠察覺出他們的驚愕。

正因為身為人類幻獸的他們和十六夜同樣身為人類，才能更深刻體認到敵人究竟是多麼跳脫規格的異常人類。

和這些巨人族對照之下，十六夜的眼中反而開始染上燦爛的喜悅光彩。

「不，說你們是廢物太失禮了，真是抱歉——為了同志可以赴死的決心，還有為了勝利可以殺死同志的決心，既然讓我見識到這些，再怎麼說也不能繼續瞧不起你們。然而如此一來，

反而讓我無論如何都想知道，為什麼你們巨人族要幹下這麼無法無天的行徑……」

「──……嘎……嘎吼吼吼吼吼吼吼吼吼吼────！」

彷彿想甩開十六夜的提問，巨人族的戰士用力怒吼再度發動攻擊。

既然敵人主動出手，十六夜也不能不應戰。他把微小的疑問收進心中，衝進巨人身前，連人帶鎧甲一起打飛了出去。

巨人的鎧甲被打得粉碎，受到的衝擊也沒有驅緩，反而牽連到後列的其他巨人，一起滾成一團飛到了好幾百公尺之外。

確認敵方沉默之後，十六夜回頭面對友方，擺出不遜的態度對著「龍角鷲獅子」聯盟眾成員發問：

「那麼，我對友方也抱著疑問……敢問『龍角鷲獅子』聯盟的諸位，究竟想假裝絕望的樣子多久呢？」

「什……什麼……？」

包括格利在內，騷動開始在數隻幻獸間擴散。

有些認為十六夜的發言是侮辱，也有些認定是挑釁。各式各樣的反應四處流竄著。

十六夜雖然聽不懂幻獸們的語言，然而看到這些反應讓他察覺出對方能夠理解自己的發言，因此開始以誇張台詞煽動眾成員：

「正如各位所見，敵方是抱著以一殺十的決心來向我挑戰。原來如此，以心態來說對方毫無疑問是強敵，讓人也不得不表示讚揚……至於見識到仇敵們的這種氣概後，以勇氣象徵為旗號的『龍角鷲獅子』聯盟諸位，當然不可能畏懼退縮吧？」

「……嗚……！」

「哼哼～」十六夜冷笑幾聲，相當刻意地挑釁著。

聯盟的同志們雖然一個個齜牙咧嘴，不過依然保持沉默。

正如十六夜所言，一般來說「獅鷲獸」這圖案隱含著勇猛與崇高等意義。如果是採用王制的共同體，也會為了彰顯王室威嚴而使用吧。

擁有空中王者「鷲」與大地王者「獅子」雙方因子的幻獸。

十六夜是藉著詢問旗幟真實意義的行為，來煽動聯盟的同志。

雖然他的做法實在可恨到讓人不由得極為火大，然而主張畢竟還算合乎道理所以更為惡劣。即使想要反駁也無法反駁的幻獸族群開始鬧哄哄地吵了起來。

十六夜觀察了一陣子反應，突然收起笑容換上認真表情。

「……我說你們也差不多該清醒了吧？這個收穫祭應該是賭上『Underwood』復興的大祭典吧？結果卻被那些傢伙違法搗亂，百般刁難你們的殷切願望，還傷害了同志和土地，反抗象徵榮耀的旗幟。都已經受到如此嚴重的侮辱，在『龍角鷲獅子』眾同志的胸中——當然不該出現絕望，而是該抱著憤怒才對。」

這次話中的輕蔑已經有一半是出於真心，這也是十六夜真正的想法。

明明「龍角鷲獅子」聯盟的驕傲受到如此蹂躪汙辱糟蹋……然而他們面對仇敵，卻無法爆發出怒氣。

這讓十六夜焦躁得簡直難以繼續忍受。

「如果你們接下來依然無法行動也無所謂。意思是這就是『龍角鷲獅子』聯盟的處世的訣竅吧——不過可別忘了，要是繼續像這樣面對仇敵卻無法振作，你們就會被認定是躲在區區『無名』背後才得以苟延殘喘，不斷遭人嘲笑直到後世。」

「……嗚……這臭小子，放著不管就口出狂言……」

「雖然似乎多少有點能力，但畢竟只是沒有利爪也沒有尖牙的脆弱猴子！」

「沒錯！他的拳頭雖然打碎了二十隻巨人，然而我等的尖角卻貫穿過多一倍的敵人！絕對不比他遜色！」

受到十六夜的粗魯煽動，幻獸們發出了帶有鬥志和責備的尖銳叫聲。

縱使是擁有強大力量的友軍，但十六夜只不過是個年輕後輩。

更不用說被個人類如此批評，當然會勾起怒火。雖然南區居民的性格向來寬大，但凡事都有極限。

「龍角鷲獅子」聯盟眾成員靠著對十六夜的怒氣而紛紛重新振作。

然而只有已經失去自身騎師的格利情況不同。

正因為他已經失去長年互助的夥伴，才更因為十六夜的發言而內心深深受創。

（……明明故鄉受到傷害，騎師也被打倒，我卻表現出這副不成材的樣子……即使被那少年嘲笑，也是理所當然的結果。）

格利抬起鷲頭，望向自己和獅子相同的背部。

那裡已經看不到長年合作的騎師身影。在連日的戰爭中，牠的騎師被流箭射中，摔落後就再也不知下落。

因為接二連三的惡耗與戰鬥而逐漸麻痺的怒氣與喪失感，又慢慢從五臟六腑的深處湧上。

（先是連日苦戰，到先前為止還都表現出那種缺乏霸氣的樣子。這種醜態當然不是肩負起獸王一部分的一族和共同體該有的模樣……！）

——明明身為獅鷲獸族群的一員，卻拋下了失去同志的悲傷，屈服於敵方的威脅之下。

格利全身都籠罩在為自己感到羞愧的怒氣下，牠鼓起所有力量抖動身軀，並發出了如同野獸般的怒吼衝向巨人族。

「吼吼吼吼吼吼吼吼吼吼吼吼吼吼吼！」

透過人類的語言中樞，聽起來一樣都是野獸的吼聲吧。

然而這聲怒吼無疑問是灌注了戰士自負的威武叫聲。

發出振奮士氣的叫聲並直線往前衝的格利沒有使用任何策略，只是捲起宛如龍捲風的旋風來粉碎巨人族的武器，並把巨大身軀用力彈飛。

看到這英勇的模樣，十六夜感嘆地稱讚：

「哈！不愧是野獸之王！看來我可以不必失望了……！」

使出超音速衝刺的獅鷲獸從十六夜身邊呼嘯而過。因為這模樣而受到鼓舞的幻獸們也以跟著牠行動的形式來紛紛發出怒吼，士氣高昂地襲擊巨人族。這樣一來應該可以和巨人族對等戰鬥吧。

士氣逆轉，友軍的混亂也平復了。

只要情勢繼續這樣發展下去，十六夜應該就不需要對付巨人族。

（如此一來，在遊戲過程中「龍角鷲獅子」聯盟的士氣應該不會再下降。接下來只要在審議決議時讓立場清晰浮上檯面，或許就可以掌握遊戲的主導權。）

十六夜站在幻獸和巨人族的戰爭越發激烈的戰場中心，隨意地抬頭望向天空。

巨龍現在也依然躲在雷雲中繼續蠢動。

從開幕之後，十六夜就很明白自己在這場遊戲中必須擔負的任務。

那就是只有蘊藏於自身內部的這個奇蹟——才能打倒悄然隱匿於雷雲裡的巨龍。

*

「Underwood」收穫祭總陣營。

莎拉半張著嘴，整個人一副茫然模樣。凡是知道她平常毅然舉止的人應該立刻就能明白，光是用「稀有」恐怕還不足以形容這情況吧。
證據就是，前來傳令的獸人也一臉困惑地站在她背後待機。
「……黑兔。」
「是的！請問有什麼事情呢？」
莎拉從牆壁倒塌形成的缺口看了戰場一眼。
「……那玩意兒是什麼？」
她指著十六夜，以非常失禮的用詞開口發問。
黑兔露出苦笑，搔了搔兔耳後方。
「呃，關於他，人家會再找機會向您說明——差不多是審議決議該獲得受理的時間了。屆時人家會再度通知，還請莎拉大人先加入都市內的魔獸掃蕩作戰，並負責指揮。」
「唔……好，我明白了。」
莎拉用拳頭輕輕敲打額頭，重新振作精神。
黑兔從以黑白兩色妝點的恩賜卡中，取出「模擬神格・金剛杵」。
從箱庭獲得力量之後，黑兔的頭髮開始變化成散發出淡淡光芒的緋色，不久之後開始宛如燃燒火焰般耀眼強烈。她搖了搖兔耳，接著以足以傳達給「Underwood」全區的音量發表宣言：
「發動『審判權限』的要求已經被接受！接下來恩賜遊戲『SUN SYNCHRONOUS ORBIT in VAMPIRE KING』必須暫時中斷，進行審議決議！參賽者方、主辦者方請一律停止交戰，迅速改為進行交涉的準備工作！重複一次……」

「——GYEEEEEEEEEYAAAAAAAAAAAAAAAAAAAAAaaaaaaaaaaaaaaaaaaaaEEEEEEEEEEEEYYAAAAAAAAAAAAAAAAAAAAAAAAAAAAAAAAAaaaaaaaaa！」

咦？黑兔懷疑起自己的兔耳。

當她發表審議決議的宣言時，巨龍突然甩開雷雲，開始急速下降衝向「Underwood」。光是一個動作就可以震撼大氣的巨龍從「Underwood」上方僅一百公尺的位置通過，刮起一陣突發的強風。

「什麼！」

十六夜似乎也大感意外地喊了一聲，並遭到巨龍掀起的暴風逮住。而且不是只有十六夜碰上這種情況。

包括在「Underwood」裡戰鬥的飛鳥、仁、珮絲特、巨人、魔獸……不分敵我，所有人都被捲上半空，再被噴往各處。

看到這種暴虐的威力，莎拉睜大雙眼整個人愣住。

「都市……戰場……全都被帶上半空…………！」

「莎拉大人！危險！」

看到莎拉也差點被暴風捲入，黑兔趕緊握住她的手。

雖然莎拉被甩向半空的時間只有短短數秒，然而她眼前卻出現多名同志束手待斃被吹走的慘狀，讓她感到血液彷彿凝結。

體認到這就是最強種——「龍的純血」的莎拉雖然因此恐懼顫抖，然而剛剛那些還不是巨龍真正的恐怖之處。

因為這種程度的狂風，甚至算不上巨龍的任何特殊招式。

對巨龍來說，剛剛的飛翔——只不過是移動行為。就是如此簡單。

既然審議決議已經獲得受理，很明顯敵方的行動並無意加害我方。

光是在空中飛翔就足以震撼天地的這股力量，才夠格在諸神的箱庭裡被稱為「天災」。

超越人類智慧的巨大身軀彷彿是在嘲笑一切萬物皆為平等的芸芸眾生，一口氣把都市和戰場，還有獸人、精靈、幻獸、魔獸、巨人族以及人類全都強制帶上天空。

「怎麼可能……會發生這種事情……！」

莎拉緊緊抱住嘎吱作響的大樹樹幹，看著回到天空的巨龍身姿，以類似敬畏的態度喃喃說道。

眼前所見都是往下掉落的瓦礫和殘骸，還有一邊慘叫一邊墜落的同伴們和巨人族。

彷彿一切都只是微不足道的垃圾。

「不……不好了！莎拉大人！我們趕快去救大家吧！」

「…………」

「莎拉大人！」

手被黑兔握住之後，莎拉才猛然回神抬起頭。

「……抱歉。快走吧，黑兔！」

莎拉拍打自己的臉頰，振奮起精神。

接著，放出火焰之翼的莎拉和黑兔便動身前往拯救正在往下墜落的同志們。

幕間其之一

「Underwood」上空，吸血鬼的古城。

古城中充滿了寂寥的空氣和灰塵。

明明長時間遭到棄置，石造的外觀卻沒有風化，大概是因為城堡全區都設置著結界吧。

這裡屬於現已休戰的遊戲在舞台下不為人知的另一面。

地點是從城門通往御座廳的長長迴廊。

理應四下無人的吸血鬼古城裡，卻響起了少女的開朗喊叫聲。

「殿下！您跑到哪裡去了！」

一名黑髮少女邊走邊轉身四處張望，並沿著迴廊樓梯往上移動。

她身上穿著無袖的黑色連身裙，腰上綁著的夾克正隨她的動作擺盪。雖然乍看之下是個惹人憐愛的少女，然而掛在腰間的皮帶上插著好幾支短刀，透露出非常不平穩的氣息。

「殿下！大爺！遊戲進入休戰狀態了，接下來該怎麼辦～？」

爬上迴廊前端樓梯來到轉折處的少女擠出小小胸腔裡的所有空氣放聲大叫。

「……殿下！殿下殿下殿～下殿～下～！殿・下～！」

雖然還帶著稚氣卻宛如風鈴聲般清脆的喊聲在迴廊上迴響著，然而她尋找的對象卻沒有回應。

少女嘔氣般地甩了甩那頭黑亮的長髮，嘟著那可愛的嘴唇鼓起雙頰。

這時從御座廳裡傳來似乎有些無奈的嘻嘻苦笑聲。

「鈴，殿下剛剛去巡視城堡附屬城鎮區的情況了。」

從直直貫穿到古城中心的迴廊繼續往前，來到御座廳後，可以看到月光下有一名將長袍的兜帽拉得很低，一隻手上還拿著「黃金豎琴」的女性。

被稱為「鈴」的少女回頭望著長袍女性，唔了兩聲之後把雙手放到背後交握。

「是嗎～意思是我和奧拉小姐兩人負責看家？」

「就是這樣……話雖如此，我們並不是遊戲的主辦者，也沒有義務遵守休戰誓言。應該會接到要我們率領巨人族出戰的指示吧，所以現在要冷靜下來好好養精蓄銳。」

身穿長袍的女性——被喚作「奧拉」的她很有氣質地舉起手遮住嘴角嘻嘻笑了起來，鈴也很有精神地點點頭，穿過通往御座廳的門扉。

半圓球形的天花板裝飾著可讓月光透入室內的水晶，整個空間的中心位置上則擺放著王座。

坐在王座上的人就是本遊戲的「主辦者」——蕾蒂西亞・德克雷亞。

「欸，奧拉小姐。這個金髮女孩的情況如何了？」

「她一直沒有恢復意識，說不定在遊戲進行的過程中會一直保持這副模樣呢。」

奧拉聳聳肩膀回答。

鈴咚咚咚地跑向王座，在坐在椅子上依然尚未清醒的蕾蒂西亞前方蹲下。

「不過這個金髮女孩……真的很可愛耶。真不敢相信這麼可愛的女孩會是魔王～」

鈴觀察著蕾蒂西亞，那對好奇心旺盛的雙眼裡散發出光彩。

蕾蒂西亞身上的服裝已經和被強行擄走時的女僕服完全不同，換成了黑色的禮服。雙手雙腳被鎖鏈綁在王座上的模樣，與其說是魔王，反而更像個囚犯。

鈴輕輕把手伸向蕾蒂西亞在月光照耀下閃閃發亮的金髮。

然而這時突然從背後傳來一個聲音，似乎是要阻止她的行動。

「——妳最好不要那樣做，鈴。那魔王是模擬誘餌，只要一碰就會被襲擊。」

鈴的手指跳了一下，瞬間停住。

那聲音還帶著稚氣，應該來自少年。

明白主人回來的鈴以如同貓咪的反射神經回過身子。

「殿下！還有大爺！」

「別這樣動不動就大聲嚷嚷，鈴。不必叫那麼大聲我也聽得到。」

接下來從迴廊陰影處傳出應該是來自另一人的沙啞蒼老嗓音。由於對方藏身於陰影之中，

別說是外表，甚至連男女性別都無法判斷，不過應該有著相當年紀。

被稱為殿下的少年在城內製造出叩叩的腳步聲，走入御座廳在鈴和奧拉面前現身。

年齡大概是十歲再加上一、兩歲。雖然他的裝扮相當正式豪華很符合「殿下」這個稱謂，然而現在這身難得的正式服裝卻顯得有些凌亂。

這種穿衣風格，以及放任可說是特徵的白髮往左右亂翹的外表，似乎都在強調少年稚氣的一面。

然而燦燦發光的金色眼眸卻散發出不符合年齡的沉穩氣質。

被稱為殿下的少年依序看了三人一眼，確認目前狀況。

「奧拉、鈴，妳們應該已經知道遊戲進入休戰狀態了吧？」

「當然囉～」

「那麼這下就好辦了，我要妳們兩人掌握機會帶著巨人族一起去攻下『Underwood』，至於正確時機會由我推測敵方主力已經分散後再通知。有沒有什麼疑問？」

「是的！」

鈴伸直手指很有氣勢地舉手。

雖然是殿下自己要求眾人提問，然而他卻皺起眉頭，似乎相當不滿。

「……鈴，我想剛剛的作戰並沒有什麼複雜之處。」

「呃～我是只想確認一下。剛剛的作戰是以『參加者的戰力將會分散』為前提吧？萬一參加者沒有分散反而一起逃走，那該怎麼辦呢？」

殿下「唔」了一聲，臉上露出意外表情。應該是因為鈴的提問居然如此合理而吃了一驚吧。

殿下先反省自己沒有清楚說明才開口回答：

「抱歉，我剛剛的說明不夠詳盡。如果參加者逃走，可以丟下不管。我們的目的是要阻止新的『階層支配者』誕生，以結果來說只要能摧毀『Underwood』就可以了。」

「是嗎～那，如果參加者一起攻擊巨人族呢？」

「不會發生那種情況。」

殿下立刻回答，這出乎意料的回應讓鈴連連眨了好幾次眼睛。

看到主人帶著十足信心如此應答，鈴也以開朗的語氣回應：

「嗯，既然殿下您這樣講，我就相信吧！」

「嗯，相信我吧。」

「不過啊，為什麼不可以碰這個金髮女孩？」

鈴指著蕾蒂西亞，似乎很遺憾地低聲發問。看她的樣子，簡直像是一隻想碰玩具卻慘遭禁止的貓咪。

殿下乎很不以為然地搖著頭，可說是特徵的白髮也跟著晃動。

「反正不准去碰就對了。妳有聽說過『好奇心能殺死貓』這句俗語吧？」

「……是喔～真遺憾。」

鈴咬著手指，失落地垂下肩膀。

在旁邊看著年幼二人對話的奧拉強忍笑意，開口想把話題拉回正途：

「那麼殿下，我和鈴前往地上，至於這個古城交給您和他——格萊亞就可以了吧？」

「嗯，格老你也要記住這個配置。」

在殿下的催促之下，奧拉靜靜地把視線移向迴廊。接著陰影處就傳出一個和先前的蒼老聲音不同，聽起來類似野獸低吼的聲音回應：

「我明白了……不過殿下，有一件讓我感到介意的事情。」

「是什麼？」

「關於打倒『黑死斑魔王』的那個『無名』共同體……有謠言指出那一夥人擁有『生命目錄』的完全體。」

聽到進言的殿下睜大眼睛，像是遭受奇襲般地欲言又止。

「……這消息確定嗎？」

「頂多是個謠傳。然而如果是真貨，就成了非同小可的事態。」

「您打算如何應對呢？」聲音發問著。

「嗯～」殿下陷入了沉思。他把手放到嘴邊考慮了一陣子之後，開口說道：

「……不，現在先丟下不管吧。即使那的確是真貨，擁有者變更之後才經過沒幾年，造成的威脅微不足道。更何況這情報並不確定。」

「是！」

「不過萬一『生命目錄』的持有者在你們的面前出現，就必須使出全力搶奪。最糟糕的情況是即使放棄作戰也要得手。」

「哎呀，這樣真的好嗎？」

「無所謂，『生命目錄』的確有這等價值。跟它的價值相比，一、兩個『Underwood』等級的存在根本不夠格拿來相提並論。即使殺死擁有者也要搶來。」

殿下以堅決的語氣宣告。扭著嘴角露出豔麗微笑的奧拉點了點頭。

「遵命。我也正想試驗一下戰利品的力量呢……嘻嘻，看來會成為一個正好合用的實驗場。」

「戰利品？」

鈴露出好奇的視線。奧拉拿出青藍色的恩賜卡，並展示從「Underwood」奪來的恩賜。

「——這是『巴羅爾之死眼』。是巨人族傳承的最強魔眼，能施展出暴虐的死亡威力。我就用這恩賜來為您摧毀『Underwood』吧。」

＊

——「Underwood 地下都市」緊急治療所。

在緊急設立的治療所裡，到處都躺滿了傷患。
由於六成的建築物都已經燒毀，大部分負傷者都只能睡在大通鋪上。
幸好滅火工作能夠迅速完成。由於有著巨大水樹又是位於河邊的城鎮，所以只有這項動作得以靜靜地順利進行。
不過眾人最感慶幸之事，應該是巨龍的分身魔獸已經全都消失的現狀吧。
巨龍捲起的暴風把龐大的魔獸們一隻不剩地掃上天空，讓牠們回歸本體。應該是因為遊戲已經進入了審議決議階段，因此必須收回分身吧。
然而如果以相反的角度來解釋的話——這也代表巨龍光是進行一次回收動作，就足以讓「Underwood」和巨人族差點遭到殲滅。那隻巨龍就是具備了如此龐大的力量。
即使在諸神的箱庭之中，依然被崇奉為「最強」的種族。
光是一個動作就能粉碎眾參加者士氣的實力，的確很符合「魔王」這身分。
在這種情況下，「No Name」一行人為了確認彼此平安無事，紛紛前往治療所。
進入審議決議狀態後過了十五分鐘左右，十六夜、黑兔以及飛鳥等人總算順利會合……然而即使經過搜索，還是只有春日部耀和蕾蒂西亞不知下落。
「……不行，既然已經找成這樣還是沒看到人，最好認定春日部也和蕾蒂西亞一樣，是碰上了什麼異常事態。」
「不……不過，春日部同學她會飛，我想應該沒事吧……」

「剛好相反啊，大小姐。春日部具備飛行能力，五感也很敏銳，卻沒能和我們會合。那麼這結果的背後應該有什麼重大的原因才對。」

十六夜難得地以嚴肅語氣做出說明。飛鳥用力深吸一口氣試圖克制住動搖反應，然而依舊無法徹底掩飾。

她把臉轉向十六夜，似乎是想再度確認。

「話說回來，已經確定蕾蒂西亞真的被帶走了？」

「嗯。還有我也確定這個遊戲是蕾蒂西亞——『魔王德古拉』主辦的恩賜遊戲。」

十六夜從學生制服的內口袋裡拿出黑色羊皮紙——「SUN SYNCHRONOUS ORBIT in VAMPIRE KING」的邀請函並唸出內容。

聽完整篇內容之後，飛鳥以難以形容的複雜表情搖了搖頭。

「……真是亂七八糟的內容。」

「也不完全是那樣啦，至少具備了一個遊戲該有的整合性。之後只要找黑兔確認幾個問題……」

十六夜講到這邊突然停了下來，原來是去搜尋的黑兔和仁回來了。

「十六夜先生！飛鳥小姐！我們知道耀小姐的下落了！」

「真的嗎！」

「YES……不過，情況似乎相當棘手。」

黑兔的臉上浮現出苦悶的表情。

她懷中抱著失去意識，渾身是傷的三毛貓。雖然十六夜和飛鳥並不明白出了什麼事情，不過看到黑兔的表情和三毛貓的狀態，他們也立刻領悟到事情的嚴重性。

把視線移回黑兔身上的兩人提出直截了當的疑問：

「……春日部發生了什麼事？」

黑兔露出更嚴肅的表情，垂著兔耳回答：

「根據目擊者的講法……耀小姐為了幫助被魔獸攻擊的小孩……」

「所以追著和魔獸一起被回收的孩子飛上了天空。」

黑兔和仁的報告讓十六夜和飛鳥像是遭受衝擊般地倒吸了口氣。

所有人一起抬頭望向天空，他們的視線集中在遙遠天空中那座和巨龍一起出現的古城上。

「意思是春日部同學一個人……闖入了那座古城嗎？」

「……是的。」

飛鳥一臉蒼白，旁邊的十六夜也沒有掩飾內心的焦躁情緒，狠狠地咂舌。

就算他擁有再強大的恩賜——也只有「飛翔」這件事無法辦到。

「……黑兔，如果這情報正確，被牽連且下落不明的人應該不只春日部一個吧？其他共同體打算如何行動？」

「關於這點，目前預定稍後會以『龍角鷲獅子』聯盟為中心舉辦會議。根據這對兔耳聽到的消息，『龍角鷲獅子』聯盟的重要人士似乎也下落不明。如果順利，人家推測或許明天就會成立救援隊。」

「……哦？組織的重要人物嗎……」

這樣一來對方的動作也會很迅速吧……十六夜喃喃說完，沒有再繼續深究。

春日部耀和蕾蒂西亞。失去擁有飛空能力的兩名同志之後，「No Name」一行人只能煩躁地瞪著空中的古城。

*

——「Underwood」上空。吸血鬼的古城，附屬城鎮。

已經走投無路了。

春日部耀把肩膀靠在因風化而顯得陳舊的城堡外牆上，為了調整呼吸而大口吸氣吐氣。然而才剛喘了一口氣，附屬城鎮中的廢墟就響起似乎有什麼爬行靠近的聲音。

「嗚……又是那個怪物……！」

耀察覺到敵方的氣息，立刻離開原先位置。

背後有個影子正發出帶有濕黏感的噁心聲響並逐漸靠近。在這個已經滅亡的附屬城鎮中，有一種看來像是血塊和青苔聚集而成的紅黑色怪物在四處徘徊。

那怪物的輪廓類似人類，動作也相當敏捷，不過身體脆弱，單隻出現時並不是那麼具備威脅性。

然而要是那種東西聚集了好幾百隻，可就另當別論了。

更不用說躲在耀背後的受保護者並不是只有桐乃一個人。

而是總數將近十人，先前被魔獸抓住的負傷者和孩子們。

「有沒有什麼地方可以讓大家躲起來……？」

「這……這裡有！」

一行人在桐乃的催促下衝向她指出的方向，躲進了一棟位於外牆旁邊的廢墟。耀推開四下散亂的瓦礫，讓孩子們躲進大型裂縫的隙縫間，並擋在眾人前方坐了下來。

總算能夠好好調整呼吸的耀把視線朝向背後的「Underwood」居民們。

「……所有人都沒事嗎？」

「啊……嗯。」

「托妳的福，所有人都沒事。」

桐乃和另外一名年長的獸人表示謝意。

和桐乃一樣，他們也是被魔獸抓住後直接遭到巨龍回收，之後被丟進了古城的附屬城鎮裡。雖然那是就算失去性命也沒什麼好奇怪的狀況，不過由於審議決議已經被接受，也禁止主辦者干涉參加者，所以才能在無傷的情況下獲得釋放吧。

順利會合的人數除了耀以外共有七人，其中有六人是比她還年幼的孩子。

而且一行人目前正被那些徘徊於附屬城鎮中的敵人步步逼上絕路。

（……傷腦筋。如果只有桐乃一人，我還可以飛出去逃走，不過這個人數有些超重。就算我再怎麼努力，三個人也是極限。）

耀並不是沒有預料到可能會出現其他被抓走的人。

在附屬城鎮內遭受敵人襲擊才是出乎意料的情況。

（就算現在是審議決議期間，那些紅黑色的敵人依然毫不介意地攻擊我們。換句話說那些敵人並不屬於主辦者方的勢力……那麼，難道它們只是湊巧住在這城裡，和遊戲本身無關的怪物……？）

耀非常迅速地整理著狀況，反射著光芒的汗水從額頭上滴下。

首先必須確認目前的情勢。耀從自己等人藏身的建築物縫隙中窺視著附屬城鎮的樣子。

（……………不，那樣也很奇怪。首先，前提是這座城堡和附屬城鎮原本應該是吸血鬼的根據地之類，不可能會有那種類似青苔和植物聚集成塊的怪物在城鎮中徘徊。）

更不用說這裡是距離地面數千公尺遠的地方。如果原本就是叢生於此的東西那還另當別論，成為廢棄都城之後才增生的假設相當不合理。

耀針對敵人，思考著各式各樣的可能性。

這時她身後那名年長的獸人——貓耳上有著凌亂貓毛的老人低聲說道：

「那個植物……大概是寄生種吧。」

「……貓耳爺爺你知道那是什麼嗎？」

「嗯，應該沒錯。看起來像青苔的部分是孢子，是把生物或生物的屍體作為繁殖苗床的菌絲體。」

「……？類似冬蟲夏草的東西？」

「喔喔，就是那個。因為性質相似，所以這是被稱為『冬獸夏草』的生物。是以前也會在『Underwood』裡看到的怪植物。」

「是嗎……」耀簡短回應。

如果那是菌類植物，孢子飛來這裡的情況或許就說得通。而且既然會寄生在生物上，那麼也有可能是被鳥類運來此處。

「感覺滿合理……吧？謝謝你，爺爺。」

「沒什麼，這點小事根本無法報答妳的救命之恩。還有不要叫我爺爺，我的名字是『六傷』的嘎羅羅．干達克。」

嘎羅羅．干達克笑了起來，那一片亂毛的貓耳也跟著晃動。

一旁的桐乃聽到這個名字，連連眨了好幾次眼睛。

「『六傷』的嘎羅羅……您……您難道是『六傷』的首領，嘎羅羅大老嗎？」

「……妳認識？」

「這……這還用說！講到『怪貓嘎羅羅』，正是『龍角鷲獅子』聯盟的創設者之一！也是過去和德拉科・格萊夫一起為了南區秩序挺身而戰的人物！」

「喂喂，那是多久以前的事情了？現在我只是聯盟裡無足輕重的帳房喔。」

雖然表現出謙虛的態度，不過嘎羅羅大老依然笑得豪爽。

根據莎拉提供的資訊，耀聽說共同體「六傷」在聯盟中也是以商業活動為中心的組織。嘎羅羅之所以自稱「帳房」，應該也是因為這個緣故吧。

耀看著嘎羅羅的笑容和貓耳，過了好一陣子才突然說道：

「怪貓又管錢……呃……招財貓？」

「咦……」

「啊哈哈哈哈！小姑娘妳真有趣！如果我這種落魄的老頭貓能騙到絡繹不絕的客人，那可真的是賺到了！」

桐乃表現出焦躁反應，嘎羅羅則拍著膝蓋笑得東倒西歪。

不過他大概笑得太用力了，很快就壓著傷口往前彎著身子喊痛。

「……對了，我還沒問小姑娘妳們叫什麼名字呢。」

「我……我是『Underwood』的桐乃。」

「春日部耀，請多指教，嘎羅羅先生。」

桐乃和耀以眼神致意並報上自己的姓名。

兩人才剛做完自我介紹，嘎羅羅的眼神就突然劇烈動搖。

「——妳說妳姓春日部？」

「嗯……有什麼問題嗎？」

「啊……不，沒什麼。現在更重要的是我們該如何克服這個狀況？很遺憾我的腳受了傷，雖然不甘心，但頂多只能做點奇襲式的嚇人戰術。」

「嗯～……真的很遺憾呢。」

「話……話說回來，對植物使用嚇人戰術是不是根本沒什麼意義呢……」

看到兩人互開玩笑，桐乃很困惑地開口吐嘈。

然而，現狀並沒有那麼樂觀。耀和嘎羅羅應該是不希望緊張感傳染給孩子們，所以才會故意胡鬧吧。

（不過如果冬獸夏草也會寄生在屍體上……那麼菌絲的宿主到底是——？）

當耀再度為了擬定作戰而開始動腦的下一瞬間——

一直響個不停的腳步聲突然全都同時停止了。

雖然耀立刻抬起頭，不過當她察覺到不對勁時已經太晚了。

「……不妙。」

「咦？」

「被包圍了！大家快點準備逃走——！」

——喀鏘！現場響起有什麼從窗戶跳進室內的聲音。仔細一看，紅黑色人型的冬獸夏草正朝著這邊緩慢地抬起頭來。

雙方視線相對，而孩子們的慘叫在廢墟裡迴響著。

耀毫不畏懼地踹爛敵人的紅黑色身體，並趁勢把廢墟的瓦礫打散，同時對著背後大叫：

「快跑！」

「是……是的！」

在耀的率領之下，孩子們沿著城堡外牆往前跑。

桐乃攙扶著嘎羅羅站了起來。

「真抱歉啊，桐乃小姑娘！」

「這點小事不算什麼！我們要趕快和大家會合——」

「——PUGYAAAAAAaaa！」

被叫聲嚇到的桐乃和嘎羅羅回頭一看。

只見好幾隻冬獸夏草盯上已經受傷的兩人，一口氣發動襲擊。耀以類似滑行的動作來到兩人面前，刮起旋風阻擋這波攻擊。

「耀……耀小姐……！」

「這些傢伙……真難纏！」

耀伸出雙手往前推加上旋轉動作，讓敵人飛出去撞上牆壁，接著趁對方停止動作時一腳踩

幕間其之一

碎了菌核。

或許是認為耀背對自己的現在是個大好機會吧，三隻冬獸夏草從耀的後方跳向她。一開始的兩隻纏住了耀的手臂，另一隻則舉起跟和人同樣大小的瓦礫丟了過來。

耀憑著一股蠻力移動手臂，讓抓住她的兩隻冬獸夏草撞向瓦礫，打碎了它們的菌核。

接下來在最後一隻還在思考下一步動作時，耀已經衝向對方胸前用拳頭擊中它的身體。

這是還不滿數秒的剎那間攻防。看到這在短短時間內展開的豪爽戰法，嘎羅羅臉上的肌肉有點抽搐。

「耀小姑娘妳還真誇張啊……！冬獸夏草的菌核硬化得像鐵塊般堅硬，結果居然被妳輕鬆打碎……妳真的是人類嗎？」

「嗯，以ＤＮＡ來看是人類。」

啊？嘎羅羅大老不解地歪了歪頭。

雖然這是帶著玩笑的回答，不過對方果然沒能聽懂。耀稍微苦笑。

（……不過，的確很奇怪。我自己也認為這裡的敵人絕對不算弱小。）

耀看了冬獸夏草的殘骸一眼，微微側了側腦袋。這個敵人即使以單一個體來看，實力也絕對不差。

如果要說它們和至今為止交手過的哪個敵人較為相近，大概和「Forest Garo」的虎人，鬼化之後的賈爾德同等吧。

結果自己卻能在無傷狀態下破壞了十三隻。只用「狀況絕佳」這理由來解釋，這波高峰似乎又有些來得過於異常。

（是不是我在不知不覺之間和某個很強大的幻獸成了朋友呢……？）

耀歪著頭思考，然而並沒有找到答案。

而且也沒有時間繼續，很快她就聽到了孩子們的慘叫聲。

「呀啊啊啊啊！」

「——嗚！」

耀咂舌喊了聲「糟了！」，趕緊回過身子。早一步先逃走的孩子們被襲擊了。

耀用焦躁的聲調對兩人大叫：

「你們兩個都把牙關咬緊！」

啊？桐乃和嘎羅羅不解地歪頭。

耀用雙手放出風，捲起旋風纏住兩人，把他們抬上半空。

「呀……哇！」

「嗚喔喔喔喔喔？耀……耀小姑娘，這不是獅鷲獸的恩賜嗎？為什麼妳……」

「會咬到舌頭，別說話！」

耀的口氣難得如此激動，顯示出她的確已經失去餘裕。

接下來耀迅速轉圈並沿著外牆往前急速移動。既然聽到慘叫，也有可能已經太遲了。

最悲慘的情況從腦中一閃而過，讓耀的背上冒出冷汗——然而下一瞬間，曾經聽過的詼諧叫聲就刺激著她的鼓膜。

「——ＹＡＦＵＦＵＦＵＵＵＵｕｕｕｕｕｕ！」

這瞬間，一股帶著熱氣的疾風一掃而過。

「剛剛那聲音……該不會是……！」

耀在外牆和廢棄都城的十字路口向左一轉，就感受到熱風撫過她的臉頰。

在那裡大展身手的是南瓜幽鬼——傑克南瓜燈。

傑克用巨大雙手把瞬間化為焦炭的敵人打爛，並發出響亮笑聲引導孩子們。

「呀呵呵呵！雖然沒人找我不過我還是噹噹噹現身了！小朋友們，你們沒事吧？」

「是……是的。」

「非常好！我會負責對付這些傢伙，你們快逃進那邊的建築物裡！」

「呀呵呵！」傑克開朗大笑並甩動雙手提著的燈籠，讓地獄烈焰四處飛散。差點被波及到的孩子們爭先恐後地衝進了廢墟裡。

坐在傑克那顆南瓜頭上的愛夏確認這一點之後低聲說道：

「所有人都躲好了喔，傑克先生。」

「……我知道了。」

原本開朗的語氣突然一口氣變得低沉。

同時傑克的靈格也整個膨脹。

眼部空洞中的火焰不再如同平常那般沉穩，南瓜頭內側換上了彷彿隨時會將敵人燃燒殆盡的憤怒火焰。

「——已經看到『Will o' wisp』的旗幟，居然還試圖咬死年幼兒童。如此無知，如此冒瀆，難道不知道我等旗幟宣揚的大義嗎……！」

「……傑克？」

遠方的耀喃喃呼喚傑克的名字，不過她的聲音並沒有傳進傑克的耳中，而且傑克的樣子顯然和平常不同。

傑克全身都散發出蒸騰的熱氣，惡狠狠地瞪視敵人。

「如果不知道，就在我的地獄烈焰中好好學習，徹底後悔吧！記住我等這幅描繪出青白色火焰導引的旗號——『Will o' wisp』的旗幟絕對不會捨棄年幼的孩童！」

「沒錯！動手吧，傑克先生！」

啪！愛夏打響手指，頭上就出現七個燒著地獄之火的燈籠。在燈籠蓋打開的同時，暴躁兇惡的火焰就滿溢而出，開始膨脹。

躲在耀旁邊的嘎羅羅臉色蒼白地大叫：

「喂……喂喂，他們是認真的嗎！居然要直接召喚來自地獄的火焰，這可不是隨隨便便任何一個惡魔都能辦到的技藝！該不會想連整個附屬城鎮都一起毀掉吧！」

「…………？這裡有危險？」

「超危險！快逃吧！耀小姑娘！」

嘎羅羅才剛吼完，現場就彷彿地獄火爐開啟般刮起了灼熱的暴風。

被從地獄深淵汲取的猛烈火焰燒毀的東西，並非僅限於那些不足為道的雜草。

甚至還使大地化為焦土、讓空氣灼熱乾燥，還把敵人燒得不留形跡。

轟隆隆猛烈燃燒的地獄烈焰以幾乎要吞沒整個城鎮的氣勢擴散開來，宛如惡魔的手臂般纏住敵人燒死對方。

在附近觀看這幕景象的耀也不由得慌了起來。

「哇……哇哇哇……！」

她慌慌張張地逃向上空。雖然在千鈞一髮之際順利避開沒有遭到牽連，不過這術法的規模依然非比尋常。

「呀呵呵呵呵呵呵呵呵呵呵！猛・烈・燃・燒！」

從灼熱火焰的中心傳出那快活的詼諧叫聲。

看到那南瓜頭和破布形成的身體在火光中若隱若現的模樣，讓耀第一次產生這種想法。

傑克南瓜燈——真的是由惡魔製造出的眷屬。

三人繼續留在上空等待了一陣子，確認火勢已經平息之後才緩緩降落到地面。這時傑克和愛夏總算注意到耀的存在。

「哎呀？那是……」

「啊，是耀！什麼什麼？原來妳跟孩子們一樣被抓來這裡了呀？」

「……不是，我只是來救那些被抓走的人。」

耀不太高興地回嘴。

聽到這句話的傑克以有點失望的態度歪了歪南瓜頭。

「……哎呀呀，妳真的一點都沒變呢。」

「咦？」

「不管怎麼說，這裡很危險。趕快和其他參加者會合吧。」

耀點點頭同意傑克的提案，嘎羅羅卻訝異地皺起眉頭。

「雖然你這樣說，不過在你召喚出地獄火焰之後，還有人能平安無事嗎？」

「這點請放心，嘎羅羅大老。我等的使魔已經先誘導大家前往安全的地方。」

啪！傑克打響手指，接著就看到一群用兩隻腳走路的燭台以及提著燈籠的小小人偶們咚咚咚地跑了過來。

數量總共有十五個，其中看來像是領導者的藍髮人偶搖搖晃晃地靠過來行了一禮。

「辛苦了，其他諸位沒事吧？」

「Ian～tern♪」

「很好，那麼請讓被保護的各位過來這邊集合。只要說嘎羅羅大老也在場，大家應該都會配合地進行集合動作吧。」

以「lan～tern♪」回應之後，燭台和提燈人偶就各自散開。

嘎羅羅縮了縮頭，開起了玩笑。

「原來如此～真是了不起的南瓜怪物。」

「呀呵呵！話雖如此，但是現在還不能掉以輕心，接下來的方針就要交給您決定了，嘎羅羅大老。」

「……方針？是指逃脫用的計畫嗎？」

耀歪著頭對傑克提問。

然而傑克卻左右搖著南瓜頭表示否定。

「就算逃出這裡也只不過是權宜之計吧。因為至少在這裡的所有人，看來都已經成為處罰條款的對象了。」

「…………咦？」

「春日部小姐妳有恩賜卡嗎？有的話請拿出來讓我看看。」

「好……好的。」

耀慌慌張張地從口袋中掏出珍珠祖母綠色的恩賜卡。

下一瞬間，她就訝異得幾乎講不出話。

「卡片上……出現了沒看過的紋章……？」

「那就是『處罰宣告』。一旦符合主辦者方提出的受罰條件，該名參加者持有的邀請函和恩賜卡上都會被烙下主辦者的旗幟。」

傑克說明完之後，拿出「契約文件」，指著上面的處罰條款。

「恩賜遊戲名『SUN SYNCHRONOUS ORBIT in VAMPIRE KING』

＊參賽者方處罰條款：

・將針對和遊戲領袖交戰過的所有參賽者設下時間限制。

・時間限制每十天就會重設並不斷循環。

・處罰將從『穿刺刑』、『釘刑』、『火刑』中以亂數選出。

・解除方法只有在遊戲遭到破解以及中斷之際才得以適用。

※參賽者死亡並不包含在解除條件之內，將會永久地遭受刑罰。」

「…………？但……但是我並沒有和遊戲領袖……和蕾蒂西亞交手呀……。」

「然而事實上，我等的確已經符合受罰的條件，那麼合理的可能性應該只剩下一種。」

傑克以苦悶的語氣回答，這時耀也猛然想通。

如果巨龍就是遊戲領袖……而且和巨龍的分身交戰也包含在條件之內的話……

「……你的意思是……那隻巨龍就是蕾蒂西亞？」

「我也不知道，不過有一件事情我能夠確定。」

傑克用南瓜頭裡搖晃的火焰眼球看向環繞古城的雷雲。

「如果無法打倒『魔王德古拉』……那麼十日之後就會降下血雨吧。我們將會如同傳說所述，被處以串刺之刑。」

幕間其之二

——「Underwood」收穫祭總陣營。

天亮之後，十六夜等人前往設置於大樹中段的聯盟會議室。聚集在此的共同體共有以下四組人馬：

「一角」首領兼「龍角鷲獅子」聯盟代表，莎拉・特爾多雷克。

「六傷」首領代理人，嘉洛洛・干達克。

「Will o' wisp」參謀代理人，斐思・雷斯。

「No Name」領導者，仁・拉塞爾以及成員，逆迴十六夜、久遠飛鳥。

黑兔以會議主持人的身分站在前方，唰地把委任書放到長桌上之後就講起了開場白。

「呃～那麼從現在開始，就要進行恩賜遊戲『SUN SYNCHRONOUS ORBIT in VAMPIRE KING』的攻略作戰會議！另外其他共同體的今後方針已經以委任書這種形式來先行提出，所以請身為被委任者的莎拉大人和嘉洛洛大人調適心態，務必講出具備責任感的發言。」

「知道了。」

幕間其之二

「是的是的！」

莎拉以真摯的語氣回答，嘉洛洛・干達克則一邊甩著麒麟尾一邊回應。

在後方旁觀的十六夜以不可思議的表情盯著嘉洛洛那很有特色的麒麟尾。

「妳……該不會是在二一〇五三八〇外門經營喫茶店的那個貓服務生吧？」

「是我沒錯喔～常客先生！非常感謝各位經常光顧本店♪」

「她是『六傷』首領『嘎羅羅・干達克』大人的第二十四個女兒，似乎是在嘎羅羅大人的命令下前往東區經營分店。」

「嘻嘻，算是小小的諜報活動啦，各位常客的好評我也有確實傳達給父親這個頂頭老闆知道喔～」

「哦～」十六夜和飛鳥似乎頗為佩服地回應。回想起來，的確從剛認識那時起她的消息就相當靈通，不過真沒想到居然會是來自南區的間諜。

十六夜和飛鳥看著彼此不懷好意地一笑，似乎是想到了什麼新的惡作劇。

「原來如此。應該只是一個普通店員的妳卻能獲邀參加南區的收穫祭，原來背後有著這樣的理由嗎……不過既然聽說了這個祕密，今後可就不能再去那家店了呢。是吧，大小姐？」

「說得對。連我們過去利用那間咖啡座研討作戰的行動，也全都洩漏出去了吧？真是太恐怖了，以後怎麼能再去呢。」

「這邊我們是不是該以二一〇五三八〇外門的『地域支配者』身分來呼籲地區居民提高警

覺？例如製作註明『「六傷」旗幟之下潛藏著間諜的影子！』之類警語的傳單。」

十六夜和飛鳥以周圍也能聽見的音量，興高采烈地討論著今後對策。

相較之下，嘉洛洛則驚慌失措地豎起了貓耳和麒麟尾。

「咦……請……請等一下！要是兩位真的那樣做，我們的店面將會無法繼續經營呀！」

「哎呀，那可與我們無關呢。畢竟我們有義務要促進地域發展和協助改善治安嘛。像這種大剌剌進行諜報活動的喫茶店，怎麼能放著不管。」

「如果希望我們能夠放過妳……應該要表現一下所謂的『恰當態度』吧？」

兩個問題兒臉上掛著不懷好意的賊笑，將嘉洛洛一步步逼上絕境。這個景象看起來就像是邪惡的官吏以及被迫行賄的商人。

嘉洛洛一臉快要哭出來的表情，轉著手指把頭扭向旁邊，滿心悲痛地開口說道：

「從……從今後僅限於各位！本店餐點一律特價九折優待……」

「七折。」

「嗚喵啊啊啊啊啊啊啊！莎……莎拉大人～！」

「乖乖，以後不可以再講出這種洩漏出自己任務，沒有經過大腦思考的發言喔。」

莎拉溫柔地摸著嘉洛洛的頭頂和貓耳，不過回應的內容卻相當毒舌。

逆迴十六夜和久遠飛鳥做了個小小的擊掌動作。
黑兔和仁則因為同志的惡劣手法而面紅（兔）耳赤。
斐思．雷斯暫時旁觀了眾人行為好一陣子，才慢慢舉手。
「——可以繼續講正事了嗎？」
「……啊，是……是的！」
黑兔端正姿勢，慌慌張張地重新開始會議。

＊

「Underwood」上空，吸血鬼的古城，附屬城鎮。
過了一個晚上之後，被抓來附屬城鎮的眾人也決定稍作休息。由於位處上空，所以風勢有點強勁還帶著點涼意，不過即使只有廢墟，也還能用來抵擋夜風。
耀一開始還很擔心飲水和食物問題，然而這方面很快就得以解決。
這是因為嘎羅羅和傑克的恩賜卡裡隨時都準備了水樹枝椏和乾燥食糧。
「妳聽好了，耀小姑娘。如果你們想打出『對抗魔王』的名號，就必須隨時做好對應持久戰的準備。就算不是那樣，在這個箱庭裡生活，也不知道什麼時候會因為什麼意外而陷入孤立。所以水樹或水珠這類能確保水源的恩賜是不可或缺的東西。」

「是……是這樣啊……」
「呀呵呵！而且恩賜卡裡可以保存耕耘自家領地後收穫的農作物，或是飼養的家畜肉品。換句話說，這就是所謂的有備無患。」
傑克快活地笑著說道，而耀則感到相當佩服。
「是嗎……原來這是那麼便利的恩賜呀。」
「沒錯。畢竟這東西是那個有名的『Thousand Eyes』大幹部『拉普拉斯惡魔』為了對抗魔王而製作出的珍品。甚至被認為只要持有『拉普拉斯紙片（恩賜卡片）』就能大幅提昇對抗魔王時的生存率，是個很重要的恩賜。」
「……是嗎？」耀回應著。說不定白夜叉把恩賜卡送給自己等人的原因，就是為了因應和魔王間的戰鬥。
耀把果乾等保存用食品，還有拿嘎羅羅準備的羊肉乾去火烤而製成的料理送進嘴裡慢慢咀嚼……雖然絕對算不上難吃，不過也不能說是好吃，大概是比便宜泡麵稍微好一點的程度而已吧。耀突然回想起根據地的食物而感到一陣心酸。
「……我好懷念莉莉煮的飯菜。」
「嗯？妳說什麼？」
「沒什麼。」
不過畢竟有得吃就已經很好了，耀像松鼠般把食物整個塞進嘴裡。

坐在她身邊的愛夏看到這副模樣，眨了好幾次眼睛。

「喂……喂喂，妳吃那麼快會嗆到啦。這可是肉乾耶，應該要好好咬過再……」

「————————……………嗚！」

「為什麼我話還沒講完妳就嗆到了啊！」

「騙妳的。」

「結果是在騙我？等一下！這樣會嚇到人所以別做那種事啦！」

耀一邊捉弄愛夏一邊進食。旁邊的桐乃正在用鍋子煮湯，那是愛夏製作的玻璃鍋，即使拿到火上也不會因為受熱膨脹而裂開，還可以看到食材在被燒滾的鍋中逐漸變化的樣子，相當有趣。

「愛夏妳也會做這種不可思議的玻璃工藝品呀。」

「當然。我製作時不只會操縱火，而是從構成玻璃的素材開始加工。」

「……是嗎？我記得妳是地精對吧？」

「是呀，不過我現在還沒辦法做出傑克先生那種等級的纖細玻璃工藝品啦。」

「就算是那樣還是很了不起，我就沒有這種能從一製作出某個恩賜的才能。」

耀率直地表示讚美，接著把烤好的肉塞進嘴裡。

大概是被人稱讚所以覺得很不好意思吧。愛夏嘿嘿笑了兩聲，露出有些靦腆的苦笑。耀則趁這個機會再拿起一片肉吞掉。

沒有必要進食的傑克看著眼前這令人莞爾的景象，開口低聲說道：

「話說回來，春日部小姐。看到妳掛在脖子上的耳機……妳還沒有找機會交給對方嗎？」

聽到傑克提起這件事的耀一邊回想，一邊把下一片肉塞進嘴裡。

她用力咬個幾下，喝了口湯把肉吞下去之後輕咳了幾聲才回答：

「嗯。而且宿舍已經壞了，我想自己拿著最安全。」

「可是那個耳機並不是妳原本的目標物吧？」

「是沒錯……那個，我認為不管以什麼形式，展現誠意最重要。尤其十六夜是對這方面很敏感的人。」

耀搔著腦袋，半信半疑地回答。雖然和十六夜認識的時間很短，不過耀認為，他並不是那種會糟蹋他人謝罪意願和努力的人。

傑克凝視了耀好一陣子，才像是不覺莞爾地突然笑了起來。

「……呀呵呵！看來是我杞人憂天！」

「杞人憂天？」

「不不，只是我這邊的問題！」

呀呵呵呵呵！傑克晃著南瓜頭笑個不停。

耀雖然歪著腦袋感到不解，但依然沒有繼續追究，只是把下一片肉塞進嘴裡。

確認大家差不多都吃飽了以後，嘎羅羅召集了主要成員——春日部耀、傑克、愛夏、以及

幕間其之二

代表孩子們的桐乃，一起商討今後的對策。

「那麼，關於今後的行動……首先我想募集意見，有沒有誰有什麼提案？」

「嗯。」

耀立刻回答。嘎羅羅點點頭催促她繼續。

「我……認為所有人應該要留在這裡挑戰解開遊戲的謎題。」

「……哦？」

聽到耀的提案，嘎羅羅發出了類似低吼的沉吟聲。

「妳意思是應該要留下來戰鬥嗎？這又是為什麼？」

「我昨天和傑克討論過了，我們已經確定會受到處罰，就算逃走也會在十天後因為處罰而死亡。可是現在是執行審議決議的期間，即使是孩子們也可以安全地在廢墟或城堡裡進行搜索。」

聽到耀的提案，讓嘎羅羅的表情更為嚴肅。

「等……等一下！小姑娘妳打算讓小鬼頭們也一起參戰嗎？」

「不，我的意思是根本沒有必要戰鬥。在審議決議的期間，主辦者和參加者都禁止進行戰鬥活動。所以只有現在是能夠安全且自由去搜索的機會。」

沒有其他外敵的現在，可以自由在附屬城鎮中移動——耀就是看準這一點才會如此提案吧。

而且既然要展開搜索，當然是人越多越好。更何況被抓來的五十人中有四十人是小孩，要是執行搜索時必須扣掉他們，成果也會有很大改變。

在旁邊聽著提案的傑克也摸了摸南瓜頭，表示一半的贊同之意。

「的確，春日部小姐的提案會對破解遊戲有很大的貢獻吧……不過本人們的意志又如何呢？有先取得孩子們的承諾嗎？」

一行人一起望向桐乃。桐乃雖然似乎有些畏懼地縮了縮身子，不過還是以明確的態度做出回答。

「謝……謝謝各位為我們擔心。可是我們也是居住在『Underwood』的同志之一，更何況這是沉眠中的大精靈遇上的危機，我們怎麼能丟下不管呢！」

桐乃充滿了幹勁。

她這模樣和「No Name」的孩子們頗為相似，讓耀覺得有點有趣。

嘎羅羅雙手抱胸靜靜沉思了一陣子，之後才拿出收在懷中的黑色羊皮紙，提出條件。

「…………好，我明白了。既然年輕人們都把話講到這份上了，我也該下定決心。不過具體上該怎麼做？一股腦亂找也只是在浪費力氣，如果耀小姑娘妳沒有任何策略，那我可不會答應喔。」

「嗯，關於這點我會提案……或者該說，對於勝利條件我好像已經有個暫定的解答又好像沒有……」

講到一半時，耀的音量突然變小。

然而周圍卻根本不在意這些，其他四人一起有了反應。

「春……春日部小姐妳已經解開謎題了嗎？」

「也……也不能算是解開啦……只……只是覺得好像說得通……」

「真的嗎！妳還真行啊！」

「沒錯，真了不起！如果能在休戰第一天就解開謎題，也能掌握充分的勝利機會！」

「耀小姐真了不起！」

聽到四人此起彼落的稱讚讓耀狂冒冷汗。

萬一自己的推測弄錯可就難以挽回了呢……她心驚膽顫地想著。

「呃……在進行說明之前，為了驗證我準備的解答是否正確，我想先請教幾件事情，可以嗎？」

「嗯嗯，想問什麼盡管問！」

「呀呵呵！我也很樂意幫忙！」

一行人都積極地把身體往前探。這下更覺得自己不能弄錯的耀露出苦笑，不過又立刻換上認真表情。

「——首先我要確認假設的前提。箱庭的吸血鬼應該是來自外界的外來種族吧？」

「嗯，沒錯。」

「那麼這個飛空城堡也是當時的東西？」

「雖然沒有確實的證據，但根據留下來的文獻的確是如此。據說吸血鬼們是因為某種理由而無法繼續待在故鄉的世界，才會整族都逃來箱庭。」

「……換句話說，他們是逃離了故鄉世界來到這裡？」

「呀呵呵！這並不是什麼稀奇的情況喔！在箱庭裡有很多因為某些隱情而被趕出故鄉世界的種族。」

「是呀。例如以前在南區引起騷動的『魃』的後裔，或是因戰敗而被趕出故鄉的巨人族殘兵等等也是其中之一。我猜吸血鬼一族應該也屬於同樣情形，碰上了什麼迫使他們離開故鄉的事件吧？」

「應該是那樣沒錯。舉個比較有名的例子……據說吸血鬼們來到箱庭都市後才第一次享受到太陽光，後來就以『箱庭騎士』的身分維護秩序……這是我聽過的說法。或許他們在故鄉遭遇到的事件也跟這點有關。」

「是嗎……」耀回應一聲之後就不再說話。這段故事她也曾經聽過。

——據說，吸血鬼們之所以被稱為「箱庭騎士」，就是為了保護這個讓他們能獲得太陽恩惠的箱庭都市。

讓原本在故鄉絕對無法接觸的太陽光變得可以享受，箱庭都市的環境對於吸血鬼來說想必是宛如夢境般的場所。

然而耀對於這個講法卻聯想到一個疑問點。

「…………不過，保護箱庭都市應該是『階層支配者』的責任吧？可是他們卻另外獲得『箱庭騎士』這種不同的稱號，意思是……吸血鬼一族曾經有段時期擔任過『階層支配者』嗎？」

嘎羅羅「哦？」了一聲，露出帶有稱許的笑容。

「耀小姑娘妳的腦筋動得很快嘛，有三分之二算是正確答案。」

「嗯～這算好還是不好？正確解答是？」

「其實在箱庭剛開闢時，似乎連『階層支配者』這制度本身都還不存在。當時各外門各自決定出叫做『外門支配者』的傢伙，而地區就由那些傢伙各自斟酌治理。」

「……那麼，各地域獨裁的情況應該也很很常見吧？」

「沒錯。尤其是講到箱庭的黎明期，那可是修羅神佛錯雜混亂的大魔境！下層的共同體一旦碰上外門權利被魔王奪走的情況，聽說下場可會相當悲慘！例如要是規定『境界門』的使用費是一人一百枚金幣！那麼之後甚至無法逃出外門，只能被當成奴隸豢養到死。」

語畢，嘎羅羅縮了縮頭。

然而耀卻出乎意外地被其他事情勾起了興趣。

「……咦？如果擁有『境界門』的權利，就可以決定使用費？」

「嗯？噢噢，當然。即使是現在，也規定只要在『階層支配者』訂定的範圍之內，就可以自由提高或降低使用費的金額。」

「呀呵呵…………順道一提，如果想從北區移動到南區，現在是採用『通常費用的五〇〇%』這樣的坑人價格。」

「五……」

耀不由得一時語塞。五〇〇%的意思就是……一人必須繳交五枚金幣。

如果是一個月前的「No Name」，這已經是金庫會遭受輕微過度殺傷力的價格。

假設「No Name」也同樣設定了這種費用，因為其中的百分之八十會上繳給地域支配者，也就是說——

「——……呃……那個，我們回到主題吧。」

「好呀。」

耀就像是要甩開邪惡誘惑般地催促眾人繼續討論。想報復的愛夏原本正在評估戲弄耀的時機，不過這裡還是很識相地只是輕輕竊笑幾聲就收手。

「總之，為了讓這種宛如末世的下層得以恢復秩序，揚起旗幟挺身而出的人物就是『箱庭騎士』——也就是吸血鬼一族。他們利用與生俱來的力量、智慧，以及勇氣接二連三地打倒了兇惡的魔王們。正好那陣子在中層和上層外門間進行的群星主權之爭也告一段落，大部分盤據在中下層的魔王都遭到驅逐。即使如此，好像還是有一些實在無法對付的魔王或是逃往外界的魔王……不過總而言之，箱庭都市成功地迎向了安定期。在那之後，下層就以『箱庭騎士』為中心制定了所有外門共通的規定，整頓法律與體制，並設置『階層支配者』和『地域支配者』

制度，最後他們就被廣泛承認為守護下層東西南北全區的『全權階層支配者』了。」

現場響起拍手的啪啪聲響。

「……後來就世界太平可喜可賀了嗎？」

「怎麼可能。」

「也是呢……」耀也露出苦笑。

「雖然吸血鬼一族像這樣成功建立起守護下層的『階層支配者』制度……然而在那之後沒過多久，吸血鬼們就碰上了由吸血鬼之王執行的虐殺行為。」

「咦？」

「做出這種行徑的是『串刺魔王』——年僅十二歲就已經到達『龍騎士』這巔峰地位的最強吸血公主，蕾蒂西亞・德克雷亞。」

*

嗯哼！黑兔刻意咳了一聲，開始進行會議。

「那麼首先是關於對應遊戲的方針——不過在正式開始討論之前，莎拉大人似乎有事情想要告訴各位。」

什麼？一行人都不解地歪了歪頭。

莎拉在原地起立，環視四周。
接著她露出沉重憂鬱的表情，重重嘆氣後開口說道：
「……接下來我要說的事情，請各位視為只有在場人士知道的祕密，也請注意千萬不可以洩漏出去。」
「……？是的，我們了解了。」
仁代表眾人回答。在場所有人雖然都靜靜點頭，然而莎拉這番鄭重發言依然讓每一個人都狐疑地皺起眉頭。
莎拉繼續閉著眼睛表現出沉思態度，過了一陣子之後才重新開啟話端：
「首先第一件事，在『黃金豎琴』被奪走之際，『巴羅爾之死眼』似乎也一起被偷走了。」
「您……您是說『巴羅爾之死眼』嗎！」
「已經確定了嗎？」
「嗯，雖然這是普通巨人無論如何都無法完全掌控的物品……不過這樣依然讓巨人族獲得了更強大的戰力，我方也必須針對死眼擬定另外的對策，請各位先做好心理準備。」
講到這邊，莎拉停下來，換上更憂鬱的表情。
「還有另一件事，在遊戲休戰前我收到來自北區和東區的緊急聯絡……根據內容，似乎不只『Underwood』出現了魔王。」
「……咦？」

幕間其之二

「北區『階層支配者』的『Salamandra』和『鬼姬』聯盟，以及各位很熟悉的東區『階層支配者』，『Thousand Eyes』幹部的白夜叉大人——據說以上三個共同體也同時遭到了魔王的襲擊。」

會議室內響起眾人一起用力吸氣的聲音。連負責主持的黑兔也半張著嘴不知道該說什麼，看來連她也是第一次得知這個消息。

如果這消息為真，表示現在箱庭都市中至少有四名魔王同時降臨。

即使是在箱庭生活時間尚短的飛鳥和十六夜，也能立刻了解這是異常狀態。

飛鳥壓低音量對著旁邊的十六夜發問：

「這……應該不是偶然吧？換句話說出現了能率領複數魔王的更強大魔王，正在為了打倒『階層支配者』而展開行動……是這樣沒錯吧？」

「是那樣沒錯……不過，原來如此。既然是這種情況，反而也有件事總算讓我能夠接受。」

「什麼？」

莎拉反射性地發問。應該是十六夜使用「接受」而不是「理解」這種在用詞上的細微差異引起了她的注意吧。十六夜鬆開原本交叉的雙手，把身子往前探並開口反問：

「妳叫莎拉是吧？聽說妳原本是『Salamandra』的繼承人，是這樣嗎？」

「……沒錯，有什麼問題嗎？」

「那妳應該知道一個月前『Salamandra』舉辦誕生祭時曾經出現過魔王吧？」

「當然。雖然我已經出走，但畢竟是故鄉的共同體遭受襲擊啊。」

莎拉皺起眉頭，她似乎覺得自己受到輕視。

然而十六夜卻露出更緊張的表情，迅速看過一圈在場所有人的臉。

「那麼，我想問問妳這位前任成員……妳知道為魔王牽線的其實是『Salamandra』本身嗎？」

「你說什麼！」

飛鳥站起來激動大喊，像是想介入兩人的對話。她驚訝的程度遠超過先前。

這也是理所當然的反應。飛鳥肯定從來不曾想過，自己等人參與演出的死鬥，竟然是那些還以為是友軍的人們所引起的鬧劇。

聽到質問的莎拉像是在狠狠咬牙般地繃緊臉上表情，左右搖了搖頭。

「……這件事我還是第一次聽說，不過父親大人的確有可能那麼做。」

「父親大人？妳和珊朵拉的父親？」

「沒錯，那個人是那種就算明知會害死同志，只要判斷對共同體有益，無論什麼事情都會吩咐屬下動手的人……就算有可能造成珊朵拉在誕生祭裡喪命的後果，他一定也認為只要再由自己重新上任即可解決。」

「可……可是，人家聽說『Salamandra』的前任領導者臥病在床……」

「一點小病小痛怎麼可能危害到那個人。反正是打著要讓年幼的珊朵拉出來當箭靶，自己安全地躲在背地裡籌劃干涉的主意吧？」

哼！莎拉不屑地說道。

黑兔頹喪地垂下兔耳，似乎很消沉地發問：

「那……那麼莎拉大人的父親大人究竟是想要獲得什麼樣的利益，才會做出那樣的行徑呢……？」

「這我也不知道。不過萬一父親是真的臥病在床……我想大概是為了昭告周遭珊朵拉已經能夠獨當一面才特地召來魔王吧…………唔，關於這方面的隱情，我想那個少年應該比較清楚吧。」

莎拉把視線移往十六夜身上，十六夜則帶著複雜的表情回答：

「也是啦。來此聽到剛才那些情報之前，我也認為是那樣。還有看曼德拉那傢伙的態度，應該也是真心那麼認定……不過，看來事情並沒有那麼簡單。」

「您的意思是？」

「黑兔，妳仔細思考一下吧。襲擊誕生祭的『黑死斑魔王』——珮絲特的目的並不是珊朵拉而是白夜叉吧？」

黑兔用力吸了口氣。聽十六夜這麼一說，的確是那樣沒錯。

「黑死斑魔王」想要的是太陽主權和復仇。更不用說她擁有「能夠封印太陽星靈」這種極為稀少的「主辦者權限」。

想要打倒身為最強「階層支配者」的白夜叉，珮絲特必定是最適當的人選。

「誕生祭的主辦人是珊朵拉，白夜叉的身分是客人，也沒有把『Thousand Eyes』的主力帶在身邊……說不定連誕生祭本身都是為了打倒白夜叉而特地謀劃出的活動。」

聽到十六夜的推理，仁也猛然一驚，以彷彿突然察覺到什麼的態度開口發言：

「對……對了！在白夜叉大人遭受攻擊的同一時期，聽說南區的『階層支配者』也遇上襲擊還被打倒……如果推論所有事件的主謀者都相同——！」

「沒錯，換句話說對方——我想可以先暫時命名為『魔王聯盟』的敵方，應該是為了要將『階層支配者』予以各個擊破，才會策動同時攻擊……而且還存在著在背後牽線安排的組織，好讓魔王方能以有利的情勢來進行遊戲。」

十六夜的視線貫穿莎拉，這段發言就連莎拉也不由得背脊一涼。

雖然自己看不慣父親的作為，也已經背離故鄉，然而莎拉仍舊不願想像親人和故鄉已經墮落到這種地步。她不安地再度發問確認：

「少年。你的意思是……我父親就是這次事件的主謀者嗎？」

「不，這種細節我也無法確定。目前為止有一半只是間接證據，而且最重要的問題是動機不詳。追根究柢來說，陷害其他『階層支配者』究竟有何意義？」

「嗯～」十六夜認真地開始沉思，至少他的樣子看起來不像是在演戲。

莎拉總算稍微鬆了口氣，然而斐思．雷斯卻立刻像是要追擊般地開口說道：

「……莎拉大人，目前的『階層支配者』包括『Salamandra』、『鬼姬』聯盟、『Thousand Eyes』的白夜叉以及休眠中的『拉普拉斯惡魔』四者，這樣對嗎？」

「嗯？是啊，應該是那樣沒錯。」

「那麼萬一前三者全都毀滅，所有的『階層支配者』都陷入無法活動的情況後，就有必要推舉出擁有進階權限的『全權階層支配者』。敵人的目的會不會是這個呢？」

「什麼？」所有人一起回問。

就連莎拉、仁，甚至黑兔都以一頭霧水的態度歪著頭。

「以前我曾經聽『萬聖節女王』說過，在僅限於『階層支配者』全部消滅或是只剩一人的情況下，將給予暫定四位數的地位和相稱的恩賜——太陽主權之一，而且還能取得從東西南北其他各區選定『階層支配者』的權利。」

「妳說太陽主權之一和暫定四位數的地位？」

「原……原來有這種制度！」

黑兔和莎拉激動地回問。

——沿著箱庭運行的太陽，以及其主權。

在眾多修羅神佛盤據徘徊的箱庭中，每顆星星都各自存在著所有權，也就是所謂的主權。

「Perseus」擁有的魔星阿爾格爾就是例子之一。只要擁有星星的主權，就能夠召喚擁有壓倒性力量的星靈、神靈，並使其聽從命令。

至於代表最多神佛的太陽主權，則藉由分割為二十四份來分散其席位。
包括隸屬於「黃道十二宮」的牡羊、金牛、雙子、巨蟹、獅子、處女、天秤、天蠍、射手、魔羯、水瓶、雙魚等十二星座。
以及隸屬於「赤道十二辰」的鼠、牛、虎、兔、龍、蛇、馬、羊、猴、雞、狗、豬等十二辰。
用這兩種天體分割法來製作出二十四個太陽主權。
「我也不知道實際上授予了哪個主權，不過根據女王敘述的內容，擔任過『全權階層支配者』的前例只有白夜叉和第一代『階層支配者』——蕾蒂西亞・德克雷亞這兩人。」
「蕾……蕾蒂西亞大人是『全權階層支配者』……？」
黑兔更訝異地提高了音量。然而這反應反而讓斐思・雷斯吃了一驚。
「……妳明明身為『箱庭貴族』，居然不知道『箱庭騎士』的由來？」
「人……人家在一族中算是特別年輕的後生小輩，所以對於比較有歷史的事情並不是那麼……」
兔耳頹然倒下的黑兔把臉轉開。
十六夜無奈地搖著頭開口打起圓場：
「算了啦……因為黑兔畢竟是『箱庭貴族（笑）』呀。」
「請不要試圖讓那個綽號成為定局！」
黑兔倒豎著兔耳大發雷霆。

斐思・雷斯用手抵著下巴，表現正在沉思的態度，過了一會才開口說道：

「……原來如此，她是『箱庭貴族（笑）』嗎？」

「麻煩更不要以認真態度來配合這個話題！」

她很識相地配合了。聽到斐思・雷斯這樣說，飛鳥很不高興地提出反論：

「妳只不過是個剛冒出來的外人，不要講出那種好像很了解黑兔的發言。而且根據剛才的發展，她現在反而成了『箱庭貴族（恥）』吧？」

「等……」

「說得好！」

「什麼叫說得好呀！你們這些大傻瓜！」

啪啪！黑兔愛用的紙扇久違地發揮了威力。

斐思・雷斯先欣賞完三人這種和樂融融的交流景象，才再度開口：

「……『箱庭貴族（恥）』……」

「如果繼續抓著這話題不放真的會無法回到嚴肅話題上所以拜託您可以停了！」

啪！黑兔似乎很疲勞地拿起紙扇敲了一下。

雖然斐思・雷斯表現出似乎不太滿足的態度，不過她還是重新振作精神。

「……『箱庭貴族（恥）』。」

「所以我不是說拜託您不要再說了嗎這個大傻瓜！」

啪啪啪啪！黑兔以紙扇使出雙倍攻擊，造成了似乎打破過去紀錄的激烈聲響。

之後，斐思．雷斯才以一副好像什麼都沒發生的態度再次繼續話題。

「……妳明明身為『箱庭貴族』，居然不知道『箱庭騎士』的由來？」

「對人家來說，從……從這個地方重新開始實在讓人家不知道該怎麼應對……不過很丟臉，人家的兔耳的確是第一次聽說這件事。因為或許能成為這次遊戲和主謀者的線索，如果您知道什麼情報還請務必告訴大家。」

黑兔拚命忍住想要吐嘈的衝動，嚴肅地誘導對話繼續進行。

斐思．雷斯似乎也覺得現在是該收手的時機，以認真態度做出回應。

「我個人也不是很清楚所以只能略過詳情……不過成為『全權階層支配者』的蕾蒂西亞．德克雷亞似乎是憑著這份權力與權利，試圖向上層的修羅神佛挑起戰爭。」

「蕾……蕾蒂西亞大人挑起戰爭……？」

「No Name」眾成員全都面面相覷。根據她平常溫和且在共同體裡擔任大姊姊立場的表現，這根本是無法想像的暴行。

「所謂戰爭……也就是說，是以魔王身分來挑起的嗎？」

「這部分我也不清楚。只聽說後來打算阻止戰爭的同族吸血鬼們發動革命，而吸血鬼們就在經歷了同族相殘之後走向滅亡。」

「蕾蒂西亞大人殘殺同族……？」

幕間其之二

「是的，關於這點是知道當時情況的女王所提供的情報，所以我想應該不會有誤。」

嗚……黑兔表現出畏懼反應。

所謂的同族相殘——等於是隸屬於同一共同體的同志互相殘殺。對於認識「現在的蕾蒂西亞」的「No Name」眾成員來說，這實在是令人難以置信的過去；而一直默默旁聽的莎拉則拿出「契約文件」，以彷彿已經確實理解的態度點了點頭。

「是嗎……或許第四個勝利條件『遵循以正確形式回歸王座的獸帶之引導，射穿被鐵鍊綁住之革命主導者的心臟』的意義，就是要交出當時的革命主導者並殺死對方吧？」

「是……是那樣嗎？」

「除此之外還能怎麼解釋？和『獸帶』與『被打碎的星空』等抽象的關鍵字相比，這句話可說是好懂得多。當時的吸血鬼們受到處罰實在走投無路了，因此追趕革命主導者並試圖殺害——」

「——結果卻沒有破解遊戲。換句話說『革命主導者』這種措辭其實是魔王方刻意安排的欺敵手法吧。」

莎拉「唔」了一聲，瞪著十六夜說道：

「不，還很難說。這個什麼革命主導者說不定現在還存活於箱庭裡的某處。畢竟吸血鬼一族全都很長壽，如果是純血，據說還擁有不老的能力……」

「那妳是要找出那傢伙並殺死對方嗎？在這個大到誇張的箱庭裡要找出一隻生死不明的吸

血鬼，到底會花費多少時間呢？」

莎拉呻吟著閉上嘴。

十六夜突然站了起來，似乎在表示他認為現場的討論已經結束。

「不管怎麼說，目前況狀的確是情報不足。所以我想提案，分別組織出負責留在這裡對抗巨人族保護『Underwood』的部隊；以及負責闖入敵方根據地，以破解遊戲為目標的部隊。我想『龍角鷲獅子』聯盟裡應該有許多具備飛翔能力的幻獸吧？」

講完之後，十六夜偷偷對仁使了個眼色。

仁也慌忙附和：

「而且我也很介意被抓走的人們是否平安。聽說聯盟的重要人物，『六傷』的嘎羅羅大人也為了保護同志而被抓走。所以關於今後的行動，要不要先等到送出搜索隊並收到報告之後，再另行安排互相討論的機會呢？」

兩人不著痕跡地將情勢導向能派人去救助耀的方向，況且這藉口的內容也很合情合理。

莎拉也沒有不分青紅皂白地否定，而是乾脆表示了承諾之意。

「我明白了，選出精銳，在兩天後的晚上之前編制出部隊吧。我想屆時應該會借用各位所屬的兩個共同體的力量，還請多多幫忙……另外，雖然只是聊表心意的待遇，不過我已經為兩共同體準備了最上級的貴賓室，請各位在那裡好好休息。」

在她的示意之下，所有人一齊起身離席。

幕間其之二

由參加者舉行的第一天會議到此結束。

為了前往「Underwood」的貴賓室，「No Name」一行人搭乘懸掛在大樹樹幹上的水式電梯緩緩下降。途中，十六夜唐突地低聲說道：

「…………大小姐，妳覺得如何？」

「咦？」

「我是指蕾蒂西亞成為魔王虐殺同志的事情。」

十六夜突然對自己提起的話題讓飛鳥吃了一驚。

即使如此，她還是明確回應：

「雖然我不知道以前怎樣……不過現在蕾蒂西亞是我們擁有的金髮女僕吧？那麼我們怎麼能對她被抓走的事情不聞不問呢。」

「……也對，的確不能乖乖保持沉默。」

看到飛鳥充滿幹勁地回答，十六夜微微苦笑。

順便提一下，十六夜並不是基於這種意義來提問……不過畢竟這回答也相當可靠，因此他以正面態度承接了同伴的熱誠幹勁，抬頭仰望天空。

漆黑雲層裡依然傳出宛如低吼的雷鳴聲，持續包圍著飄浮在空中的古城。

十六夜正忙著推論被囚禁在該處的兩名同志是否平安——後方的飛鳥就像是要鼓起幹勁般地雙手叉腰，對著黑兔他們提案。

「被帶進房間之後，就趕快開始解謎吧！也為了春日部同學和蕾蒂西亞，我們必須在休戰期間內解開謎題才行。」

「ＹＥＳ！雖然是個難解的課題，不過俗話說三個臭皮匠勝過一個諸葛亮！只要我們四人一起挑戰，一定至少可以發現什麼線索！」

「嗯，為了救出耀小姐和蕾蒂西亞，首先要針對這個謎——」

「——不，謎題的部分我已經解開了。」

「——……咦？」來自四人的聲音在電梯裡形成和聲。

不用說飛鳥，連旁邊的黑兔、站在前面的仁，以及為了帶路而和眾人同行的嘉洛洛都一起頭冒問號看著十六夜。

「……那個，常客先生。你剛剛不是跟莎拉大人說過『因為情報太少所以必須把部隊送往敵方城堡』之類的發言嗎？」

「嗯？什麼啊，原來你們以為我是那種意思。其實『雖然情報不多但已經解開謎題了，所以來去破解遊戲吧！』才是我講那番話的意思耶。」

還包含了「如果能順便組織個救援部隊之類的那就更好了」之類的含意。

的確十六夜提出了「以破解遊戲為目標的部隊」，然而其他人應該沒有想到，他真的是指直接按照字面解釋的意思吧。

「不過要是誤解成那樣那還真是萬萬歲呢。畢竟萬一冒出什麼不知道打哪來的傢伙讓咱們那擁有美麗秀髮的女僕成為隸屬，那我可就真的只能和對方大殺一場呢～哎呀～運氣實在是太好了！」

十六夜裝傻看著遠方如此說道。

嘉洛洛眨了眨眼，倏地換上認真表情。

「……很遺憾，這件事情我必須向莎拉大人報告……」

「居然所有餐點都可以打五折，還真是慷慨呢！」

「討厭啦～我怎麼可能會去打小報告呢♪」

面對十六夜的威脅，嘉洛洛以滿臉笑容和冷汗回應。

黑兔等人一方面覺得十六夜實在惡毒，但另一方面也覺得他確實可靠，只能看著彼此面露苦笑。

幕間其之三

我突然，聽見了讓人懷念的稱呼。

最後被人這樣稱呼是在……呃，到底是哪年哪月的事情呢？

這是中場休息的短暫時間，在半夢半醒之中，時間回溯到悠久的過去。

享受著初春溫暖陽光的我因為在耳邊響起的暱稱而逐漸清醒。

「——殿下！蕾蒂殿下！拜託您別在這種地方打盹！」

我一口氣掙脫了睡意。

睜眼一看，只見眼前出現身穿女僕服裝的卡拉侍女長正在用力搖晃自己的肩膀。

地點是位於城堡和城壁邊界的軍營。從設置在軍營隔鄰的訓練場中，今天也傳出了同志們的喧鬧聲與怒吼聲、還有歡呼聲和慘叫聲。一定是騎士長實施了斯巴達式的訓練計畫吧。

我似乎是因為接觸到這些讓人心胸舒暢的同志喧嚷聲與春天的溫暖氣候，所以在窗邊睡著了。

不好意思呀，卡拉侍女長。

幕間其之三

「這不是說聲不好意思就可以算了的事情！真是的，一想到擔任我等將軍的公主大人居然會窩在軍營旁邊打瞌睡！真可嘆！實在可嘆！」

卡拉侍女長一手叉腰，壓著眼鏡以誇張動作用力搖頭。

雖然她這麼說，但畢竟這春日陽光如此和煦溫暖，原本該是夜行性的我等在這時間醒著反而是件怪事吧？我們這些居住於箱庭都市的吸血鬼們面對這種只有在白天能享受到的奢侈陽光照耀，以及由此衍生得來的恩惠——「睡個舒服懶覺」，理應有權盡情耽溺於其中。這是吸血鬼公主的判斷所以一定沒錯，等我繼承王位之後就來修正法律吧。

基於以上，晚安了，卡拉侍女長。呼～

「禁止睡回籠覺！」

啪！因為被卡拉侍女長用撣灰塵的工具敲了一下，讓我的幼稚開關正式開啟。

…………不要，我就是要睡，絕對不起來。

「您怎麼可以說什麼『不要，我就是要睡』這種話呢！您是我等『箱庭騎士』的象徵！擁有『龍騎士』身分的您居然在軍營裡滴著口水打瞌睡，這可不成表率！等一下！我不是說了叫妳快點起來嗎！」

我展現出徹底抗戰的態度。卡拉侍女長頭冒青筋，更是怒不可遏。

面對無論如何都堅決不肯起來的我，侍女長氣到青筋直冒，最後終於製造出碰咚碰咚喀啷乒乒乓乓劈里啪啦咕咚咕咚咯吱咯喳砰砰轟轟喀鏘！等各式各樣的致命聲響並把我打醒。

……最後的那個到底是什麼呢？

「是女僕的祕密。凡是優秀的女僕，不只要會一兩招必殺技，連最後王牌隱藏絕技或四十八招到一百零八招都該事先準備好，才符合普通的原則。而且只要是主人的要求，不用說打點茶會，甚至煮飯打掃洗衣等基本家事與照料菜園協助更衣全部包辦再加上智略策略謀略等方面也準備萬全，並且從暗殺到開路先鋒皆能完美辦到才能算是真正的女僕。」

女僕真是了不起啊！

「那當然。」

卡拉侍女長並沒有特別表現出得意的態度，而是輕描淡寫地回應。事實上，她在一族之中不但是實力值得信賴的戰士，也是和魔王進行遊戲時的優秀掌控者。

——女僕真是值得敬畏。我也該更加精進，以求更上一層樓。

我們兩人走出軍營，經過訓練場旁邊，並直接橫向穿越通往城門的花園。

這時卡拉侍女長似乎總算想起她找我的目的，突然開口說道：

「對了，殿下。關於那件事情，『Thousand Eyes』已經送來了聯絡。」

那件事？

「是的。信中表示，對於將在箱庭都市全區設置的制度——『階層支配者』制度，他們也願意提供協助。而且還很慷慨地派出了『白夜魔王』與『拉普拉斯魔王』這兩大幹部。果然人才的寶庫一出手就不同凡響呢。」

⋯⋯⋯⋯

「是的，他們的合作意願高過我們的預估。這也全都是我等吸血鬼以『箱庭騎士』身分建立種種功績後才能獲得的成果。只是『白夜魔王』由於行為有問題，所以似乎要先暫時託給佛門之後才會前來參戰。」

⋯⋯⋯⋯

「哎呀？您這是在杞人憂天喔。雖然她過去的確曾以魔王身分四處胡鬧，不過現在卻積極地以善神之姿來發揮力量。問題反而是反對派的那些傢伙，他們主張成為『全權階層支配者』之後應該要闖入上層——」

⋯⋯⋯⋯

「——是的，正如殿下您所說。我等建立起的榮華富貴也無法違抗盛衰榮枯的真理，總有一天會衰敗沒落。然而只要這個制度能夠順利運行，我等『箱庭騎士』意圖守護意志與秩序的這份榮譽，就能夠在長久星霜歲月中繼續留存吧……罷了，或許正因為擔心這點，所以才會出現那種和反對派聯手，暗中謀劃活躍的魔王——」

⋯⋯⋯⋯是嗎？

原來已經流逝掉那麼多時光了嗎？

「——話雖如此，只要蕾蒂殿下您繼承王位，吸血鬼一族就會迎向盛世吧。據說將會頒發我等吸血鬼殷切期盼的夙願——太陽之主權，以作為這份功績的獎賞。我等一族的未來真是一片光明呢♪」

嗯……的確是這樣沒錯。

「嘻嘻……啊，對了。令妹吩咐我轉達『今天下午要舉辦午茶會，希望姊姊您也能來參加』這個訊息，我想您當然願意出席吧？」

這還用說——做出回答的同一瞬間，我的意識就飄然遠去。

籠罩在春日和煦陽光和溫柔氣氛下的回憶。

我站在遠方看著這一切，回憶著已經逝去的過往。

不知道是因為何種恩典，我才得以沉浸在這種夢境裡。然而如果這只是夢，那麼就算我盡情享受這份微小幸福，應該也不會因此受到任何人指責吧？

天下太平，世間平穩無事。

於是我深深沒入這雖然怠惰，卻也溫暖又充滿幸福的迷濛夢境之中。

*

——吸血鬼的古城，附屬城鎮。

咻~潮濕的風吹過廢棄的都城，大概是因為城堡周圍被雷雲團團圍住吧。

向嘎羅羅請教吸血鬼歷史的耀表現出像是要仔細品嚐這番發言的態度，一邊連連點頭一邊認真思索。已經說完的嘎羅羅則拍著膝蓋對耀發問：

「怎樣？耀小姑娘，我講的事情有用嗎？」

「……嗯，謝謝你，嘎羅羅先生。」

耀表達謝意，嘎羅羅也咧嘴以笑容回應。

然而在旁一起聽完這番話的愛夏卻看著「契約文件」的內容，不解地歪著腦袋。

「我倒是什麼都沒弄懂～剛才這番話的哪個部分能算是解謎的關鍵？我果然還是覺得這個『革命主導者』才是關鍵字吧？」

「不，那完全無關……正確說法是，其實剛才講的所有事情，都是和解謎完全沒有關係的事情。」

愛夏「啊？」了一聲。

耀攤開「契約文件」好讓所有人都能看清。

「之前我也有說過，我認為『革命』這個名詞是為了欺騙當時參加者的誤導手法，應該具備什麼其他的含意或解釋。至於我想確認的歷史，是比當時更久遠之前的事情。我只是想確認這個飛空城堡是不是『異世界製造出來的東西』。」

「……？什麼意思？」

「跟這遊戲的標題有關。把『SUN SYNCHRONOUS ORBIT』拿來直譯，意思是太陽同步軌道——呃，該怎麼解釋才好？換句話說，這個名詞是指和太陽保持特定角度飛行的人工衛星軌道。」
「咦？妳說人工衛星？」
看到傑克突然很激動地發問，耀露出意外的表情。
「……傑克你知道什麼是人工衛星？」
「呃……是呀，因為我是在一九六〇年代來到箱庭……不……這事不重要。重點是春日部小姐，妳口中的人工衛星，該不會是指這個城堡……？」
「嗯。不過在箱庭裡或許正確的稱呼是『神造衛星』吧？如果這個遊戲名稱是指太陽同步軌道……我想就是在暗示這遊戲全體都和『太陽』和『軌道』等事物有關。」
「哦哦～」傑克發出佩服的感嘆聲。
「呀呵呵……那麼，說不定所謂的吸血鬼一族其實是來自於遙遠的未來。」
「嗯，我也那樣認為。」
畢竟箱庭世界連接著所有時代，即使吸血鬼的傳承有所不同也合情合理。
而且如果從「因為環境變化而使得太陽光線變成威脅的一族」或是「因此而放棄世界(星球)的舉動」等要素來考量，也會讓人覺得箱庭的吸血鬼一族應當是來自近未來的存在。
雖然嘎羅羅對衛星一無所知，不過對耀發言的最後部分卻表現出明顯反應。
「和『太陽』以及其『軌道』有關的遊戲內容……嗎？這麼說來，耀小姑娘妳是把『獸帶』解讀成『Zodiac』囉？」

「Zodiac？」

愛夏和桐乃都提出疑問，不解地看看對方。

傑克轉著南瓜頭對兩人做出說明。

「所謂『Zodiac』，就是『黃道帶』或『黃道十二宮』的別稱。」

「呃，黃道十二宮……就是指包括獅子座或巨蟹座之類的十二星座嗎？」

「呀呵呵，正確答案！其實十二星座是一種在太陽軌道線上每隔三十度進行挪移，用以區分星空領域的天體分割法——」

——講到這邊，傑克就像是要把話又吞回去那般地突然停住。

原本正帶著開朗笑容回答的傑克似乎突然注意到了什麼，讓思考快速運作。

「天體……分割？難道……」

「嗯。第三個勝利條件『收集被打碎的星空，將獸帶奉獻給王座吧』代表的意義，應該是『收集根據獸帶（Zodiac）分割的十二星座，並奉獻給王座』……吧？我猜啦……」

耀講到最後，有些缺乏自信地降低了音量，大概是因為這個推論連她本身也還沒有把握吧。不過周圍卻同時傳出倒吸一口氣的聲音。

「呀呵呵……GOOD！春日部小姐！這推理符合許多關鍵字！」

「可……可是，我也還沒弄懂『收集星座』到底是什麼意思……」

「不不！就算是那樣，這推理也已經足以讓我們決定今後的方針！趕快讓其他人也一起來幫忙吧！」

嘎羅羅拍了一下膝蓋，豪爽大笑並率先做出指示。如此一來，總算找到希望的線索。

被囚禁在古城中的眾人為了找出和 Zodiac ——十二星座有關的痕跡，開始前往附屬城鎮中探索。

*

——「Underwood 地下大空洞」，大樹的地下水門。

「No Name」一行人在會議之後，基於在前哨戰中的活躍以其對今後戰果的期待，而被帶往「Underwood」引以為傲的地下水門貴賓室。

挖掘大樹內部而開拓出的通道以類似螺旋樓梯的形式沿著大樹中心往下伸展。

明明叫做貴賓室但要過去還真麻煩呢～心中這麼想的飛鳥忍不住開口抱怨：

「這些通道看起來好像很複雜……房間該不會是設置在大樹裡面吧？」

「是呀～常客小姐。我們是把在樹根和樹幹上長出來的巨大樹瘤鑿空，並直接改造成房間喔。要帶各位前往的是其中特別高級的房間，敬請期待～♪」

負責領路的嘉洛洛搖晃著麒麟尾，開開心心地招待眾人前往貴賓室。

雖然現在是緊急時期，不過聽到對方這麼說，還是會讓人不由得心生期待。飛鳥和十六夜看了彼此一眼，交換了個愉快的笑容。

來到貴賓室門口的嘉洛洛停下腳步。

「好了，那麼請見證吧！這裡就是橫跨大河的巨大水樹『Underwood』引以為傲的大水門！可以觀賞兩千隻以上的樹靈和水精們的最高級貴賓室！」

她「砰！」地打開房門。於是從貴賓室窗口吹進室內的風就同時帶進了河邊特有的芬芳氣息以及極為少數的精靈群。

「哇……！」

雖然精靈們微小得讓人幾乎無法捕捉到實體，然而卻藉由微弱的光芒來主張自身的存在。如同螢火般在河邊搖搖晃晃交錯飛舞的他們似乎讓橫跨大河的水樹景觀看起來更顯絢麗。

飛鳥用雙手手掌捧起微精靈，對著黑兔發問：

「這一點一點的光芒都是精靈嗎？」

「YES！精靈在靈格提昇之前是如同粒子般微小的存在。除了像梅爾那樣藉由開拓土地來提高靈格，或是像愛夏小姐那樣在死後轉生過的例子以外，其他所有精靈都是以這個型態出生喔。」

黑兔自信滿滿地說明。

對於一直以為梅爾就是最小尺寸的飛鳥來說，這似乎是讓她有些意外的資訊。

至於十六夜已經趁著兩人對話的期間移動到窗邊，眺望橫跨大河的「Underwood」根部以及大河河口。凝視眼前閃耀景觀的表情與其說是喜悅，反而比較近似遺憾與不甘。

「……傷腦筋啊，既然是如此美麗的水邊景色，靠白雪姬可打不贏。」

「咦？」

「就是那個啊……之前我不是有找白夜叉一起開發水源嗎？其實那個計畫──內容是要建造祭祀白雪姬的神社，開拓出水道，讓自由區域的景觀也能變得繁華。」

「原……原來有那樣的計畫……」

第一次聽到這個計畫的黑兔顯得很驚訝。

外門附近，尤其是自由區域的發展與繁華程度代表了「地域支配者」的水準。

十六夜原本打算建造祭祀白雪姬的神社，並逐步進行開發，將二一〇五三八〇外門建設為清流之都。

得知這計畫後，黑兔等人的表情很快就從感動換成為難。

「唔唔唔……聽您這一說，『Underwood』的確是強勁對手。畢竟在下層中，『Underwood』是數一數二的水都。如果要從零開始還想超越這裡……」

「想必很困難吧。而且光以地區風氣來說，南區和東區應該就有差異吧？」

「是……是的。南區擁有適合種植作物的氣候，還遍佈著肥沃的土地。即使不是幻獸，也會覺得這裡適合居住又舒服吧。」

「北區雖然都市區域在大結界的影響下呈現常秋的樣貌，不過未開拓地區和箱庭都市之外

似乎是酷寒的土地。為了彌補先天不良，各共同體互相切磋琢磨，進行恩賜的製造或召喚。正因為設籍於北區的共同體們都擁有高度的意識水平，所以才能持續發展吧。」

相較之下東區就……討論到這邊，眾人一起閉上了嘴巴。

在氣候和土地方面，東區的條件也絕對不差。

建築和道路的水準雖然有點落後，但也不到會讓人感覺不便的程度。

那麼如果要舉出東區在哪方面特別優秀……大概也只能勉強舉出治安還算可以吧。

「……不過『Underwood』即使曾經被魔王毀滅，依然成功復興到這種地步。對手條件既然和我們相同，就沒有什麼有利或不利的問題。十年以內，我們一定會超越這裡。」

十六夜哼了一聲，發表這種宣言。

無論目標多麼遠大，要推翻自己曾經講過的發言果然還是會傷害到他的自尊吧。十六夜以像是在發表宣戰布告的眼神，再度瞪著眼前的大空洞。

在「Underwood」引以為傲的大樹地下水門中，散發出耀眼光輝的精靈群四處飛舞。

面對這幅幻想景觀的「No Name」眾人雖然反省著今後的課題，然而關於這件事並無法輕易得出解答。

飛鳥在房內擺設的沙發上坐下，嘆著氣發表結論：

「現在討論這個也只是浪費時間，關於這計畫就放慢腳步仔細考慮吧。比起這件事情，眼前更應該來擬定拯救春日部同學和蕾蒂西亞的作戰計畫。」

「嗯……您說得對！總之解謎方面就交給十六夜先生，我們現在就先來擬定作戰吧！」

黑兔像是要換個心情般地以開朗的態度回應。

接著十六夜和仁也來到同一張沙發上坐下，加入討論。

「好啦，現實問題是我們沒有能前往古城的交通工具。關於這點只能找『龍角鷲獅子』聯盟提供協助……小不點少爺你有沒有什麼其他提案？」

「雖然算不上提案，不過我認為去委託格利先生是最好的選擇。畢竟他把耀小姐視作友人，在緊急時刻應該會願意出手幫忙。」

「哦？你是說那隻獅鷲獸嗎？就是在『Thousand Eyes』分店見過的那傢伙？」

「YES！牠是非常友善又睿智的人士！」

十六夜「唔」了一聲，雙手抱胸開始思考。要是獅鷲獸願意成為自己前往城堡時的交通工具，當然沒什麼好抱怨。應該可以認定這個問題已經獲得解決。

「好，這件事就交給黑兔妳負責吧。接下來就是關於待機組和攻略組的編制。預測將和巨人交戰的待機組以小不點少爺和珮絲特為中心，攻略組則由我——」

「——我也要去。」

飛鳥突然插嘴，打斷了十六夜的發言。

吃了一驚的十六夜不由得抬起頭，然而飛鳥卻無視他的反應繼續說下去。

「黑兔無法參加遊戲，所以她必須留下來對付巨人族；而仁弟弟和珮絲特擁有可以對抗巨人的力量；至於剩下來的我和十六夜同學，就要負責飛上天空以破解遊戲……我想這應該是最佳的分配吧？」

飛鳥以認真表情凝視著十六夜，十六夜則收起表情觀察情況。

在十六夜開口說話前，飛鳥再度做出補充。

「十六夜同學，過去碰到足以左右勝負的重要遊戲時，你一直都做了安排，好讓我遠離危險……這點我本身並不是沒有察覺。」

「…………」

十六夜並沒有否定，只是瞇起眼睛。

因為飛鳥所說的情形，有一半以上的確是事實。

在對抗「Perseus」時，事先就顯露出飛鳥的實力不足。因此她才會默默服從安排，而且自身也還能想通並得出結論。

然而「黑死斑魔王」那次則不同。雖然十六夜並沒有直接下令，不過還是發出指示，要求原本在最前線的久遠飛鳥和春日部耀必須離魔王遠一點。

因為十六夜下了判斷，在場者之中即使和魔王對峙也沒問題的人選——也就是可信賴的人選並不是飛鳥也不是耀，而是只有蕾蒂西亞一個。

「以結果來說，說不定那是正確的決定。或許這次同樣也該交給十六夜同學你處理……可是現在甚至連春日部同學和蕾蒂西亞的安危都無法確定，所以就算多少有點亂來也必須闖入敵陣。否則說不定會連原本能得救的人都來不及救出。」

所以，我希望你也能帶我一起去。

擁有強烈自尊心的飛鳥居然會講出這種不符合她風格的冒失發言，應該也可以證明她的確是認真的吧。

因此十六夜也沒有斷然地冷漠回答，而是先雙手抱胸思考了片刻，才突然對飛鳥發問：

「……大小姐，無論如何妳都希望我帶妳一起去嗎？為了春日部和蕾蒂西亞？」

「嗯。」

「是嗎？不過我不想帶妳去。」

這次十六夜立刻回答。簡直讓現場氣氛瞬間凍結的反擊聲調既銳利又冷酷，絲毫沒有轉圜的餘地。

飛鳥並沒有因為被否定而感到憤怒，反而因為緊張感而繃緊身子。

十六夜以往前傾的姿勢看向飛鳥，以像是在勸諫她的平靜語氣開口說道：

「我很佩服大小姐妳的決心，不過我還是不想帶妳去。因為萬一發生什麼意外而碰上了魔王——或是足以和魔王匹敵的未知威脅，大小姐妳當場就會玩完。」

「才……才不會那樣呢。我……我也曾經面對『黑死斑魔王』……」

「那次只不過是偶然加上具備剋制性而得到的結果。如果大小姐妳和珮絲特正式交手，根本連打都不用打就可以分出勝負。」

「……什……」

面對出乎意料的殘酷回應，飛鳥無法反駁只能閉上嘴巴。她應該是沒料想到十六夜居然會以不由分說的語氣來拒絕自己吧。

十六夜在原地站了起來，搔著頭表現出似乎覺得很為難的態度。

「不過我也不是不能體會大小姐的心情和鬥志啦。看到自己人被人這樣隨意糟蹋，我同樣也無法默默忍受。我決定要讓對方嚐到同等的報復……不過要是大小姐也在場，碰到緊急狀況時我的行動有可能會受到限制，我想要避免這種情況。」

「…………」

聽到十六夜婉轉表示自己「礙手礙腳」之後，飛鳥狠狠咬牙。她也很清楚自己的恩賜並不適合用來找搜尋。然而即使先忽略這一點，她內心依然很想去幫助春日部和蕾蒂西亞。

不知道該如何反駁的飛鳥只能低著頭，這時十六夜突然咧嘴一笑。

「不過，要是大小姐妳真的有和珮絲特對等戰鬥的實力，那就另當別論。」

「……咦？」

「而且小不點少爺和珮絲特這對緊急湊成的搭檔也還有很多讓人感到不安的要素，我也不認為以後再這樣沒做什麼準備就直接上陣還能夠一直行得通。以這種角度來評估，讓他們和具備剋制性的迪恩戰鬥並累積經驗的作法，應該是不錯的提案吧？」

十六夜以別有含意的笑容看著飛鳥。

飛鳥也以似乎已經理解的態度回答：

「換句話說，你要我一個人……和仁弟弟與珮絲特二人戰鬥？」

「嗯，只要大小姐妳能打贏任何一場，我就帶妳去。」

點頭回應的十六夜以挑釁態度看著飛鳥。

意思是如果有要求，首先必須展現實力。這是十六夜下的戰帖。

飛鳥擺出「正合我意」的態度，一手叉腰，一手伸出對十六夜用力一指。

「好，我求之不得！我會證明十六夜同學你錯了。」

「嗯，妳就好好加油吧。」

——如果真能打贏的話啦……十六夜喃喃自語。

另一方面，仁雖然因為眼前這種拋下當事者擅自決定日程的情勢演變而一時啞口無言，不過依然輕輕握拳並鼓起幹勁。

＊

——吸血鬼的古城，附屬城鎮。

登上風化瓦礫堆成的小山中心，以快活聲調發言的南瓜頭——傑克南瓜燈站在被擄來的孩子們面前，吸引住眾人的視線。孩子們包括獸人、樹靈和水精等等，大部分都是在「Underwood」

土生土長的孩子。

把眾人聚集到這種廢墟中央的傑克到底想要做什麼呢？坐在瓦礫上的耀和嘎羅羅雖然對傑克的行為感到疑問，不過還是繼續默默旁觀。

「那個南瓜頭……打算做什麼啊？」

「不知道。不過他說過想讓孩子們能開開心心地來幫忙，我想應該不會是壞事吧。」

如果是那樣就好了～嘎羅羅顯得有些半信半疑。

這時傑克取出一把傘，舉高給孩子們看。

「呀呵呵！好～大家注意囉！這裡有一把由我朋友製作的魔法傘！就是有名的睡魔『奧列・路格埃』大老製作出的珍品！」

傑克快活大笑，愛夏則拿起魔法傘不斷旋轉。

一聽到「奧列・路格埃」這名字，嘎羅羅的表情就充滿訝異神色。

「喂喂……他說那是奧列・路格埃的傘……？」

「你知道這是什麼？」

「噢……嗯，只聽過名字啦。根據聽來的傳聞，這是可以讓人看到各式夢境的魔法傘……不知道那個南瓜頭是從什麼地方取得那種貴重品。」

唔～嘎羅羅繼續雙手抱胸，不解地歪著腦袋。

——兩人並不知道，「奧列・路格埃」據說是在丹麥一帶出沒，有著中年人外表的睡魔。

奧列・路格埃會靠近穿著彩紅色絲質上衣睡覺的小孩，並在枕邊放下能讓人看到兩種夢境的魔法傘。

如果對方是個好孩子，就放下可以享受美夢的傘。

如果對方是個壞孩子，就放下將會身陷惡夢的傘。

傑克張開雙手，晃著南瓜頭宣布：

「呀呵呵！如果大家願意幫忙接下來要進行的城鎮搜索行動，我就把這個奧列・路格埃大老製作的夢傘送給你們當禮物！」

「哼哼~這可是大放送喔！」

愛夏咧嘴一笑，露出虎牙。

原本一直面露消沉表情的孩子們一口氣開始換上開朗的面孔。

其中一人舉起手向傑克發問：

「那個……南瓜頭先生。那把傘可以讓人夢到喜歡的夢境嗎？」

「呀呵呵？嗯~雖然也可以那樣說……不過如果方便，可以告訴我妳想要夢到什麼樣的夢境嗎？」

傑克歪著南瓜頭發問。

舉手的孩子——看起來應該是個水精的少女似乎有點難為情地靦腆說道：

「我想……夢到旗幟在『Underwood』飄揚的樣子……」

幕間其之三

「……………？」

「『Underwood』現在受到『龍角鷲獅子』聯盟的保護，所以旗幟也被收在寶物庫裡……本來要是收穫祭成功之後，應該就可以拿出來懸掛……不過收穫祭已經毀了……」

「所以至少在夢中也好，希望能看到『Underwood』旗幟飄揚的樣子。」少女很不好意思地這麼說完，其他孩子們也以同樣態度對著彼此點頭。

傑克一時無言以對，反應也慢了幾拍。

連旁觀的嘎羅羅也以沉痛的表情把頭轉開。

耀則是以真摯的態度，目不轉睛地凝視著孩子們的模樣。

「……嘎羅羅先生，對孩子們來說，旗幟果然也是很重要的東西嗎？」

「嗯。箱庭都市裡的小孩全都是看著共同體的旗幟長大。在看著旗幟成長的過程中，要學會不能讓旗幟蒙羞，也必須讓自身配得上這個旗幟……對那些孩子來說，收穫祭想必是足以左右將來的重要儀式吧。」

然而，一切都已經毀了。

因為魔王與巨人族——以及某個無情殘酷的幕後黑手。

「……是嗎？」

繼續看著孩子們的耀低聲回應。

傑克一個個仔細觀察孩子們的表情之後，爽快地點頭。

「……呀呵呵！沒錯，當然可以夢到！不過如果是靠耍詐來贏得勝利也沒有意義喔。這個夢境之傘是能帶給好孩子幸福，並讓壞孩子面對惡夢的魔傘。要是有哪個小朋友靠作弊獲勝，可是會有南瓜惡夢在等著你們喔。」

傑克打響手指，讓燭台和提燈人偶使魔紛紛跳來跳去。

孩子們發出類似尖叫的嬉鬧聲，嘎羅羅則瞇起眼看著這一幕。

耀回想起剛到達收穫祭會場時，格利曾經說過的話。

「我們希望連東區和北區也能廣為得知『Underwood』已經復活的消息──」

講出這句話的他，意氣揚揚地為自己等人帶路。

剛來參加收穫祭時，真的非常有趣。

一想到充滿精力的居民們和許多預定舉辦的活動，內心就滿是興奮情緒。

不管是為了讓「No Name」復興而四處尋找秧苗與種子，還是和飛鳥他們一起挑選要送給孩子們的各種土產……都是耀至今為止從來不曾經歷過的時間。

這場收穫祭匯集了主辦者、參加者，還有心繫故鄉的許多居民的心意──卻慘遭一些冷酷無情的傢伙污辱踐踏。

而且還選擇了這種利用蕾蒂西亞以避免弄髒自己雙手的惡劣手法。

「……我……不喜歡這種事情。」

耀喃喃地講出這句話，連她本身都感到意外。

然而正因為這是在無意識下脫口而出的感想，所以才讓耀能察覺出自身心情的傾向。

耀猛然起身，來到坐在旁邊的嘎羅羅前方站定。

「嘎羅羅先生。你說你以前曾經和德拉科・格萊夫一起對抗過魔王吧……該不會你也曾經是『階層支配者』之一……」

「哈哈，那怎麼可能。『階層支配者』是德拉科那傢伙，我只是牠的參謀之一。吸血鬼和『全權階層支配者』的事情也是從德拉科那裡偷偷聽來的知識。」

雖然嘴上講得謙虛，但是嘎羅羅的態度卻帶著點自豪。

對於耀來說，這樣就已經夠了。

「嘎羅羅先生懂很多事情吧？所以希望你可以教我……什麼是為了和魔王戰鬥的訣竅，還有必要的知識等等。」

不只是為了這次，也為了將來能繼續對抗魔王。看到耀認真眼神的嘎羅羅雖然睜大眼睛頗為吃驚，不過下一瞬間立刻換上嚴肅表情瞪著她。

「……妳這樣不行。」

「咦？」

「我意思是，首先那種思考模式就不行……妳聽好了，耀小姑娘。追根究柢來說，『要和魔王戰鬥』這種想法本身就是一個錯誤。講到要在魔王的遊戲中獲勝殘存的基本原則，去思考『如何避免和魔王交手』才是最大的前提。」

耀驚訝得目瞪口呆。嘎羅羅把身子微微往前，繼續說道：

「從現在開始我要說的事情，在箱庭裡算是常識等級的規則。妳要把耳朵挖乾淨，仔細聽清楚喔。」

「是……是的。」

「首先，在魔王的遊戲中必定會舉出兩種以上的破解條件或遊戲結束條件。是哪兩種呢？就是——

『藉由打倒魔王來破解遊戲』

『藉由使魔王失去力量來破解遊戲』

——以上兩種。只要遊戲本身沒有指定必須破解的條件數量和限制時間，那麼只要達成其中之一，參加者方就能獲勝。如果遊戲從一開始就舉出了三個以上的勝利條件，那麼就會設置——或是偷偷藏著對魔王方有利的處罰條款。因為勝利條件越多，就代表對參加者方越有利……講到這邊懂嗎？」

「嗯。」

耀領會般地點了點頭，這邊就是在舉這次的遊戲為例吧。

嘎羅羅表示，雖然還是會取決於魔王本身的靈格，然而「參加者方勝利條件的數量」和「主辦者方勝利條件的數量」再加上「處罰條款的數量」都成比例。

「我剛剛有說過『如何避免和魔王交手』，換句話說就是這種意思。和魔王進行直接對決

可是直到最後的最後才能採用的最終手段。畢竟有名的魔王大部分都是最強種——而且是將獨有世界具體化的正牌修羅神佛。畢竟光以下層、中層等級的魔王來說，大惡魔或神靈等級就已經隨處可見。只有真正的傻子或菜鳥才會想要和對方正面衝突。」

「……是。」

耀有點頹喪地點頭。

——正如嘎羅羅所說，和魔王進行直接對決並取勝並不是符合常識的做法。畢竟魔王擁有許多甚至能算是至高無上的恩賜，甚至還有些魔王自身擁有能賜予恩惠的立場。

想要打破如此強大的靈格，只靠普通的恩賜根本絲毫起不了作用。

在此前提之下，耀以似乎察覺到什麼的態度低聲說道：

「可是，嘎羅羅先生你曾經待在『階層支配者』身邊，經歷魔王的遊戲並存活至今。那麼就算只有那些經驗也好，能不能請你教導我呢？」

耀再三要求，非常難得看到她擺出如此強硬的態度。

「呃……這個嘛……如果是這方面，的確有些可以教導妳的知識啦……」

「那麼拜託了。」

耀更進一步地發動攻勢。

最後嘎羅羅終於認命般地舉起雙手表示投降之意。

「我知道了，我知道了……雖然也不知道到底有沒有用，不過只要是我能教的事情，那我就告訴妳吧。」

「……真的嗎？」

「嗯……不過啊，耀小姑娘。對所有魔王都共通的戰法真的非常稀少，而且魔王也對那些戰法非常清楚。換句話說，我的戰法都是些老舊的手段，說不定到頭來妳也只是白費力氣……」

「不，就算是那樣也沒關係。因為我認為自己必須從『了解』這步驟開始才行。了解箱庭、了解魔王、了解這世界的人們。」

嘎羅羅也沒有繼續推辭，咧嘴一笑爽快答應了耀的請求。

正好這時候，傑克和愛夏似乎也已經對孩子們做完說明。

被巨龍囚禁於此的人數共有五十四人。在這個被雷雲包圍的廢棄都城中，眾人開始進行正式的搜索行動。

幕間其之四

——「Underwood」大河上游的高原。

隔天早上，莎拉拍著火焰形成的翅膀飛往大河的上游。

往下一看，眼前有著巨人族的駐紮地。

高原上沒有任何能成為屏蔽的物體，視野相當寬廣。

應該是害怕我方反擊才會設下這個陣地吧。不過莎拉卻歪著頭似乎感到相當不解。

（居然後退到高原這邊，距離相當遠……意思是他們沒打算再度對「Underwood」發動攻勢嗎？）

莎拉抬起頭，望向位於遠方的「Underwood」。

雖然巨大水樹即使身在遠方也能清晰辨認，不過應該要花不少時間行軍才能到達吧。就算巨人擁有迅速的移動力，然而目的既然是侵略，應該也不可能使出全力奔跑。

（巨人族也因為巨龍而受到了相當大的打擊。而且既然已經取得「巴羅爾之死眼」，對於這些傢伙來說，現在該是撤退的適當時機……）

然而如果視為撤退卻太靠近了，這距離總讓人沒來由地覺得詭異。

畢竟魔王的城堡和巨龍還在上空待機。「Underwood」尚在視線範圍內的這個距離很有可能讓巨人族也受到波及。

說是意圖侵略太遠，說是要退兵卻又太近。

雖然目前情勢難以判斷，不過要是敵方目的就是想造成我方困惑，或許也可以算是絕佳的距離吧。

（哼……如果是那樣也無所謂，只要針對兩種可能性都預先準備即可。）

莎拉轉身背對巨人族，回到「Underwood」。

降落到大樹樹幹上的莎拉在前往房間的途中，遇到了搖著麒麟尾往前走的嘉洛洛。

「啊，莎拉大人！您什麼時候回來的？」

「才剛回來，『Underwood』這邊沒什麼變化吧？」

「是的，沒有問題。我剛剛才去和其他首領討論明天的方針，不過願意積極前往魔王根據地的人似乎不多。」

「是嗎……」莎拉似乎有些疲勞地回應。

這並不代表聯盟的同志們已經心生畏懼。是因為之前在巨龍的突然襲擊中翅膀受傷的主力很多，目前甚至被迫得去聯絡原本不需負責戰鬥的人，尋找變通的方法。

「畢竟也必須警戒巨人族來襲，我想大家真正的想法應該是想把貴重的主力用於防備

幕間其之四

吧……啊，不過不過，聯盟以外也出現願意協助的聲音！聽說以『Thousand Eyes』的格利大人為首，有一些人士正在進行打倒魔王的準備！」

「是嗎……格利就是那個出身於『Underwood』的獅鷲獸吧？聽說還相當年輕，果然執掌勇氣的幻獸就是不一樣。」

莎拉面露苦笑，看向刻在手鐲上的「龍角鷲獅子」聯盟旗幟。

嘉洛洛雖然因為莎拉的憂鬱表情而感到不安，不過還是笑著以開朗語氣說道：

「啊，對了！原本在改建的大浴場已經整修好了，請莎拉大人第一個去享受熱水吧！」

「不，現在不是做那種事情的時候……」

「沒關係啦沒關係！因為莎拉大人您最近一直忙於工作，這點享受是應得的獎賞……啊哇哇！」

這時，大樹突然劇烈晃動。而且這個晃動並不自然。

因為這突如其來的衝擊而瞪大眼睛的莎拉立刻看往巨人族駐紮地的方向。

「剛剛這晃動……！該不會是巨人族又……」

「不不，不是那樣！這個晃動是『No Name』那幾位…………哇……哇啊！」

砰！大樹又再度搖晃。無法承受的嘉洛洛不由自主地一屁股跌坐在地。

莎拉伸手幫助她起身，並以意外的語氣發問：

「妳說這晃動是『No Name』的人造成的……？」

「呃……是的，如果您方便的話要不要去看看呢？我會趁這段時間準備好浴室。」

莎拉雖然不解地歪了歪腦袋，不過還是點了點頭。泡澡這事雖然可以先放一邊去，但這個搖晃可不能置之不理。身為議長的她有必要知道原因。

莎拉在此和嘉洛洛道別，動身前往「Underwood」地下水門所在地的大空洞。

＊

「Underwood 地下大空洞」，大樹的地下水門。

「——DEEEEEeeeEEEEEN！」

揮動巨大手腳並造成地鳴聲的紅色鋼鐵人偶——迪恩雖然激動地四下追逐小小的白色人影，然而卻一直無法抓到對方。

與它對峙的珮絲特懸浮在大河的水面附近，似乎很疲勞地嘆了口氣。

「……還要繼續嗎？我差不多已經膩了耶。」

「……嗚！可惡……！一口氣壓扁她，迪恩！」

坐在迪恩肩膀上的飛鳥以似乎忍無可忍的態度大叫。

紅色鋼鐵人偶將巨大的右手臂像是炮筒般舉高，發出怒吼並同時往前揮擊。

「DEEEEEeeeEEEEEN！」

由能伸縮的金屬「神珍鐵」製成的右手臂以媲美砲彈的速度逼近珮絲特。

珮絲特只在一瞬刮起黑風，從容轉了個圈避開攻擊。雖然左邊的巨大手臂也同樣伸長，然而結果還是一樣。

判斷迪恩雙手都已經到延長到極限以後，珮絲特把鋼鐵手臂當成起點，突然加速並貼近飛鳥身前。

「好啦，結束。」

咚！現場響起有什麼被推倒的聲音。下一瞬間，飛鳥毫無抵抗力地摔向空中。

嘩啦啦啦！她激起大片水花掉進大河，讓精靈群像是在逃跑般紛紛散開。往下一看飛鳥正抓著岩石在水中載沉載浮。

珮絲特在迪恩的肩上坐下，一臉無聊地低頭看著飛鳥。

「能不能算是分出勝負了？重複五次相同行為讓我實在是膩了。」

「……嗚……！」

為了避免被大河的水流沖走，飛鳥拚命地抓緊岩石。

正如珮絲特所說，這場戰鬥已經重來四次了。之前四回合的結果也是一樣，是從迪恩身上掉下來的飛鳥敗北。

下半身浸在大河中的迪恩伸出巨大身軀上的手臂拯救主人。

「……謝謝你，迪恩。」

「ＤｅＮ。」

迪恩簡短回答。或許是多心，甚至讓人覺得它的語氣聽起來比平常缺少霸氣。

珮絲特輕飄飄地靠近飛鳥，以實在討人厭的笑容對她說道：

「好啦，那妳打算怎麼辦？還要繼續嗎？要是一直繼續下去的話很像是我在虐待妳，我是不太願意啦。」

「……不，已經夠了。」

「哦，是嗎？」保持笑容的珮絲特冷淡丟下這麼一句，接著離開現場。

能夠徹底擊垮飛鳥這種倔強少女，應該讓珮絲特心情很愉悅吧。她踩著輕快腳步回到仁的身邊，然而迎接她的發言卻不是稱讚。

「珮絲特，這場戰鬥的目的是要讓妳克服不擅長的對手。所以妳不該只直接針對飛鳥小姐動手，必須和迪恩戰鬥才……」

「我一開始也想那樣呀……不過那個紅衣人的破綻多到簡直讓人受不了。那個樣子根本是在告訴別人可以直接攻擊她嘛。」

說完，珮絲特在水邊坐下，擺動雙腳踢起水花。

雖然嘴巴上講得很囂張，然而當初她很快就理解到這場戰鬥背後的十六夜真正用意。

「不過重新交手之後我才發現……那個紅衣人真的只是個普通女孩呢。憑她那種樣子居然可以在我的遊戲裡順利存活下來，反而讓我很佩服。」

珮絲特悠然地帶著笑容挖苦飛鳥。

沒錯——正如珮絲特的批評，飛鳥的身體只是普通的人類。即使獲得迪恩這樣的強大屬下，這依然不是輕易就能抹去的缺點。

如果是普通敵人還可以另當別論，面對高等惡魔或是擁有優秀身體能力的幻獸時，飛鳥甚至無法隨心所欲地保護自己。

「……不過，也是啦。我同意能夠強化那個紅色鋼鐵人偶的恩賜確實是個威脅。強壯、堅硬、迅速而且還伸縮自如……如果是強化後的狀態，甚至棘手到即使是已經神靈化的我也有點找不到打倒它的方法。這一點我可以承認。」

即使是珮絲特以神靈身分刮起的死亡之風，對那具紅色鋼鐵人偶也沒有效果。要是再加上飛鳥的支援，迪恩的力量就能更加提昇。

也只有這一點珮絲特願意承認。

「不過要是最重要的主人是那種樣子，那可就一切免談。無論擁有多麼強大的棋子，缺乏自衛手段的人偶操縱者根本完全不可怕。不用說魔王，我看那個紅衣人光是和這附近的幻獸交手也會一下子就掛了吧。」

珮絲特看著飛鳥，露出更諷刺的微笑。看她一直糾纏不清地講出這種攻擊性發言，說不定是因為對之前遊戲中受到飛鳥致命一擊的往事還懷恨在心。

仁皺起眉頭像是要指責口無遮攔的珮絲特。

「珮絲特，妳講得太過分了。大可以更婉轉一點……」

「我不要。而且那個怪胎男的目的就是要讓這個紅衣人產生自覺吧？那麼我可以算是已經充分盡到責任了，要求我為她更加設想根本不合道理。」

「是這樣吧？」珮絲特露出悠哉笑容，把視線移往貴賓室的窗戶。

在貴賓室裡，前來確認狀況的莎拉正好到達。

在貴賓室內旁觀戰況的黑兔只以眼神向莎拉致意，臉上露出了苦笑。

「莎拉大人……那個，您看到了？」

「嗯，我是想要確認造成晃動的原因……原來如此，正在進行實力測試嗎？」

「YES。為了因應明天的作戰，我們借用了地下的大空洞。」

莎拉「嗯」了一聲回應，俯瞰前方。然而她並不是在看珮絲特或飛鳥，而是注意到迪恩參差不齊的腳印。

（那是神珍鐵製成的鋼鐵人偶……伸縮自在的鐵巨人。不過既然是用神珍鐵製成，總重量應該不會改變……這是那女孩的恩賜造成的效果嗎？）

看到迪恩伸縮時造成的深淺足跡，讓莎拉陷入了沉思。

另一方面，全身都還在滴水的飛鳥站在河邊，繼續低著頭發楞。

「飛鳥小姐……」

黑兔擔心地低聲喚著飛鳥的名字。

幕間其之四

面對接二連三的輕視發言，根本無言以對的飛鳥只能回望著珮絲特。

雖說這的確是符合預料的結果，不過這次慘敗應該會讓自尊心強烈的飛鳥大受打擊吧。雖然沒有將這場戰鬥的真正意圖事先讓仁得知是一個錯誤，不過即使如此，說不定原本就應該由自己來負責。事到如今，黑兔才感到後悔。

飛鳥這份為了營救耀等人而發憤圖強的心意卻以這種形式破碎，實在是太悲慘了。

當黑兔正在煩惱之後到底該怎麼去彌補時……在眼前的空洞裡跨著大步往前走的十六夜身影就進入了她的視線範圍。

他的雙手各拿著一個類似水桶的大型容器。

一股極為強烈的寒意突然襲擊黑兔。

「十……十六夜先生……？他到底……」

「這個嘛，看起來他好像拿著水桶？」

兩人詫異地歪著頭繼續旁觀。被十六夜拿在手上的東西是表面凹凹凸凸的鐵製容器。換句話說根本沒有看錯的餘地，完完全全就只是普通的水桶。

明明十六夜只是拿著普通水桶走在河邊而已……黑兔卻倒豎著兔耳，對十六夜的一舉一動極為警戒。

「到……到底想做什麼呢……人……人家有非～～常不妙的預感……！」

黑兔慢慢地從窗邊往後退。

十六夜來到河邊坐下，繼續面無表情地用水桶汲起河水。接著他用雙手提起裡面已經裝滿河水的水桶，再度跨著大步靠近仁和珮絲特。

「——我手滑了啊啊啊啊啊啊啊啊啊啊啊啊啊啊啊啊啊啊啊啊！」

嘩啦！十六夜以全力把水潑向珮絲特和仁。

接下來的目標換成黑兔。

「為……為什麼要這樣做啊～～～～～～～～！」

看到份量足足有一整桶的水砲彈從下方衝過來，黑兔勉強避開。看來一直被玩弄至今的經驗發揮功用，她對危險的敏感度提昇了。

哼哼……冒著冷汗的黑兔很得意地往下看。

然而她身邊的莎拉卻全身溼透，站在原地發呆。對於身為共同體的繼承人，一直被小心呵護長大的她來說，「被幾乎算是剛認識的人潑水攻擊」肯定是頭一遭的經驗。證據就是她的思考和身體都停住了。

順帶一提，在近距離遇襲的仁和珮絲特還因為水勢過強而往後摔出去三公尺左右。

這兩人也一樣，根本沒有預料到打贏的人還會被水攻擊。珮絲特以憤怒的視線望向十六夜，搖搖晃晃地站了起來。

「……你是什麼意……」
「既然手都滑了那也沒辦法！」
十六夜露出不由分說的笑容，用力豎起大拇指。
然而他的眼裡卻沒有笑意。被保持笑容的十六夜從正面瞪著的仁不由得整個人僵住。
如果直接翻譯十六夜的表情，應該是在表示——「做得太過分了蠢蛋。給我識相一點，妳這個無腦的斑點蘿莉！」
面對十六夜這種不容分辯的魄力，珮絲特賭氣般地鼓起雙頰把臉轉開。十六夜逮住這個破綻，立刻出手綁架了兩人。
「等……等一下你做什麼……！」
「既然手都滑了也沒辦法！我就負起責任帶你們去浴室吧！」
「浴……？」
珮絲特的臉色瞬間發白，表情扭曲。
開始搬運兩人的十六夜在這時突然把視線移往楞楞旁觀著事態演變的飛鳥。
「……喂，大小姐。」
「什……什麼啦？」
「妳怎麼還問我什麼？要是一直那樣全身濕答答的毫無疑問妳一定會感冒所以總之接下來要直接前往浴室不過基本上任何反對意見將全部駁回所以總而言之我要把妳跟他們兩個一樣扛

起來妳可別抱怨啊懂了嗎？好，走吧！」

咦？咦？當飛鳥還混亂地歪著腦袋思考時，身體已經被十六夜扛了起來。

綁架兩個小朋友和飛鳥之後，十六夜便跨著大步離開大空洞。

在貴賓室裡旁觀自始至終所有過程的的黑兔和莎拉雖然都看傻了，不過還是目送做出奇異行徑的十六夜遠去。全身溼透不知該如何反應的莎拉到現在才回過神來，開口提出質問：

「……黑兔。」

「是……是的。」

「……那個，到底是什麼？」

「————……」

黑兔雖然很想回答「這個嘛，到底是什麼呢？」不過畢竟不能真的這麼說。

如果硬要說明，似乎只能以「問題兒童」來形容……不過就算這樣解釋，莎拉恐怕也無法心服口服吧？畢竟在十六夜潑水攻擊眾人那時就能明顯看出這點了。

大樹的貴賓室裡只有滴滴答答水珠落下的聲音持續響起，充滿了極度微妙的氣氛。

這時隔著房門傳來嘉洛洛充滿精神的喊聲，打破了這個氣氛。

「莎拉大人！大浴場已經準備好了！」

「嗯？噢，好，我馬上過去。」

莎拉低頭看了看被水潑得一身濕的自己，露出苦笑。

鬧了一陣之後，事到如今似乎還是必須入浴。
黑兔頹喪地垂著兔耳，為了同志的失禮行徑道歉。
「嗚嗚……我方同志真是冒犯……」
「的確是。再這樣下去會在重要時期感冒，也害得我一定得去洗個澡了……所以要我原諒此事的話，就由黑兔妳來幫我刷背以作為賠罪吧。」
莎拉嘴上雖然講得高傲，但是卻露出有些調皮的笑容。
黑兔也一下子換上開朗的表情，跟著莎拉前往大浴場。

＊

——「Underwood」葉翠堂，大浴場。
這是挖掘大樹西側建造而成的大浴場，果然也和其他房間一樣，採用了鑿空樹幹的方式。即使只看一眼，也能察覺出這裡和一般浴室的決定性差異。
由於這裡是鑿穿樹幹後直接拿來使用的空間，所以牆上的木紋全部相連。並沒有從外部帶進任何材料，只靠著挖掘大樹樹幹建造而成的浴室具備了不可思議的一體感。
跟著莎拉來到大浴場的黑兔不由得發出感嘆的喊聲：
「哇……！」

幕間其之四

「妳喜歡嗎？」

「ＹＥＳ！真的非常棒！」

黑兔來回揮動雙手並進入浴室。

然而下一瞬間她立刻聽到浴室深處響起類似慘叫的聲音。

「痛……好痛好痛好痛！妳……我說……不要用指甲戳我啦！是要我講幾次！」

「沒辦法呀！我是第一次幫別人洗頭，妳忍耐一下啦！」

嘩啦！還伴隨著潑水的聲音。

黑兔和莎拉雖然不知道發生了什麼事，然而她們卻聽過這兩個聲音。朝著藏在水蒸氣後方的朦朧人影走過去之後，才發現飛鳥和珮絲特正相親相愛地——

「好了，接下來是身體。轉過來這邊。」

「不……不要！」

「說什麼不要。如果十六夜同學的情報是真的，在妳生存的一五〇〇年代那時，浴室應該還不普及吧？所以妳應該要趁此機會，好好學習洗澡大國的文化！」

嘩啦！……就這樣，飛鳥單方面地洗著珮絲特，看起來真的很相親相愛。

雖然有人搶先已經讓黑兔和莎拉吃了一驚，不過看到飛鳥在幫珮絲特洗澡後更是訝異。在她們來到浴室前的短短十數分內，到底發生了什麼事情？

「呃……那個……飛鳥小姐您為什麼和珮絲特在浴室裡？」

飛鳥瞬間停下正忙著幫珮絲特刷洗的手，她似乎到現在才發現黑兔等人在場。

她微微紅著臉轉過身，低聲嘟囔道：

「……我只是……因為被十六夜同學威脅……」

「威……」

「因為他說什麼『妳們是要被我脫光然後由我來幫妳們洗呢？還是要兩個人手牽手一起去洗？快點選一個』……抵抗之後他還真的對我們兩個人動手，所以不得已！我才會像這樣幫她洗澡！」

講完之後，臉變得更紅的飛鳥嘟起嘴。

（不……不愧是最強的問題兒童……連勸和的方法也很豪爽……！）

黑兔對十六夜的能耐半是佩服、半是傻眼，而且還感到了一絲絲的不快。

似乎有泡泡跑進眼睛裡，珮絲特拚命地揉著眼睛。

「那個怪胎男……！我遲早要讓他染上敗血症好殺了他……！」

「這招不錯，下次我也會幫忙。」

揉著眼睛的珮絲特含著淚水說道。

清洗乾淨的飛鳥到此終於把視線朝向黑兔等人。

「哎呀，議長大人您也來了？」

「嗯。不過別叫我議長大人，在彼此裸裎相見的地方還用那種稱呼未免太拘束了。可以直

接叫我莎拉也沒關係。」

「是嗎？那妳也直接叫我飛鳥吧。」

兩人相視一笑，抓住試圖逃走的珮絲特，一起泡進浴池裡。

和霧氣一起冉冉上升的樹木芳香聞起來和「No Name」的水樹浴池有點相像。「No Name」的水樹是來自此處的秧苗，所以這也是理所當然，不過這股清涼又濃郁，甚至能直達鼻腔深處的空氣果然還是「Underwood」略勝一籌。

飛鳥、黑兔、莎拉丟下鬧著彆扭的珮絲特不管，像是總算放鬆般地緩了口氣。

「妳叫飛鳥吧？抱歉拖了這麼久，不過我要在此表達謝意。謝謝妳在巨人族出現時出手相助，那時候真的幫了我們一個大忙。」

「這也不是什麼必須特地道謝的事情，畢竟承接和魔王有關的麻煩也是我們的活動主旨嘛……而且，擊退巨人族的人並不是我吧？」

飛鳥皺起眉頭，把肩膀也泡進熱水裡。即使現在回想起來，那依然是很駭人的光景。

被濃霧包圍的那瞬間，一掃而過的影子和金屬聲響。接二連三被斬裂而死亡的巨人族們。

還有那個全身被敵人血液染成鮮紅的純白騎士。

「斐思·雷斯……她的名字應該不是本名吧？」

「YES！她是那個魔王——黃金與境界之星靈『萬聖節女王』的寵臣。這些寵臣們有義務必須以女王賦予的騎士名作為自稱。」

「他們會獲得空前絕後的恩賜，成為守護女王的騎士。那些騎士之一正好在這裡，真是可靠的情況。」

莎拉表現出微微的安心與緊張。

飛鳥似乎很沒趣地用鼻子「哼」了一聲把臉轉開。

「就算她再怎麼可靠，也是魔王的手下吧？我不認為她是可以信賴的對象。」

「不，『萬聖節女王』以魔王身分活動已經是遙遠過往時代的事情了……啊啊，不過她似乎不是絕對可以安心的對象。根據白夜叉大人所說，那一位甚至還被稱為是『箱庭的三大問題兒童』。」

「是啊，我小時候也被奶媽威脅過，說『要是做壞事就會被「萬聖節女王」抓走』。」

「嘻嘻，那是什麼，簡直被當成了生剝鬼或雷神嘛。」

「YES！這也顯示出她在這個箱庭都市裡是多麼被人尊敬又畏懼。」

「是嗎……」飛鳥回應之後咕嚕嚕地吐氣，吹出一個個泡泡。

莎拉把一頭長髮往上撥了撥，並像是突然想到那般地開口發問：

「話說回來，飛鳥妳的恩賜是什麼？我之前只稍微看過所以無法判斷出是什麼樣的恩賜，不過應該相當特殊吧？」

「我？我的恩賜……恩賜名叫做『威光』，妳有聽過嗎？」

「……什麼？」莎拉睜大雙眼。

黑兔也收起先前為止的愉快表情，以嚴肅的表情靠了過來。

「飛鳥小姐，關於這件事情，人家有話想跟您說。」

「……什麼事？」

「飛鳥小姐您擁有的恩賜絕對不是弱小的才能……不過卻不能算是適合戰鬥。這份能夠將各種恩賜運用自如的才能，反而適合運用於發展共同體規模這方面。所以您不需要勉強自己參加魔王的遊戲……」

「…………」

這點飛鳥自己也很清楚。甚至可以說，從第一次參加遊戲並和賈爾德對戰時她就已經體認到了。

不管是賈爾德那次，還是拉婷那次，甚至先前和珮絲特交手時……結果自己都因為身體能力的落差而被逼上絕境。要是飛鳥擁有十六夜實力的百分之一，應該就不會苦戰到那種程度。

「……這大概是『明知不可能還硬要強求』的行為吧？」

「咦？」

「我……在來到箱庭都市以前從來不曾缺過任何東西。當然啦，還是會慢性地感到不滿。不過畢竟家境富裕，學業方面我也自認比一般人更優秀一些。可是自從來到箱庭……感到懊悔的次數就增加了，變得和開心的事情一樣多。」

飛鳥以有些憂鬱的表情喃喃說道。雖然聽起來或許有點諷刺，然而飛鳥認為這些情況是人生總算能有起伏，也一直表示歡迎。她打從一開始就具備了足夠寬廣的心胸，能把苦澀和歡喜都視為感動的高低變化而全盤接受。

然而讓她認為這樣做也是種樂趣的原因，不光是因為箱庭的環境。

飛鳥非常清楚，正是因為有十六夜和耀這樣的朋友待在身邊，自己才能無論清濁好壞都樂在其中。

「……老實說，我其實不太擔心蕾蒂西亞，因為我知道她真的很可靠。不過春日部同學就……而且……她最近好像很煩惱……所以……」

無論如何，都會感到很擔心。

聽到這邊，黑兔再也無法多說什麼。

「……飛鳥小姐……」

飛鳥咕嚕咕嚕地吐著泡泡，把自己沉進熱水裡。

這時旁邊的莎拉把手輕輕放到飛鳥肩上。

「妳的朋友叫做春日部嗎？」

「咦？……嗯，是呀。」

「那麼在明天的搜索行動中，我會優先去尋找妳的這位朋友。」

飛鳥和黑兔都「……咦？」了一聲，她們紛紛懷疑自己的耳朵和兔耳是不是聽錯了。

也難怪兩人會這樣，沒想到聯盟的議長居然打算離開根據地「Underwood」並闖入敵城。

幕間其之四

這可是前所未聞的事情。

然而莎拉卻重重點頭，凝視著眼前兩人。

「不過我希望妳們兩人能代替我保護『Underwood』。雖然設籍於此只有短短數年，可是對我來說這個共同體和根據地已經是我的第二個故鄉。既然有妳們兩人這樣的強大戰力在此駐守，我也能夠毫無後顧之憂地進攻敵城。」

語畢，莎拉爽朗地笑了。雖然很明顯這是在安慰飛鳥的發言，不過並不只是這樣。

可以飛空的莎拉前往城堡，擁有巨大鋼鐵人偶的飛鳥對付巨人族。

她應該是想要教誨飛鳥，遊戲的佈陣並不是根據優劣，而只是講求知人善用吧。

明白自己受鼓勵的飛鳥露出苦笑，不過也因為這份心意稍微放下肩上重擔而點了點頭。

「嗯，我明白了，我會保護『Underwood』……所以春日部同學就拜託妳了。」

「嗯，交給我吧。我可以向我等的旗幟和……這個龍角起誓。」

莎拉指著自己頭上的漂亮龍角，炫耀般地敲了敲。或許是覺得這動作很有趣吧，飛鳥和黑兔都像是忍俊不禁地噗哧一笑，讓浴室裡充滿了開朗的聲音。

*

——吸血鬼的古城，附屬城區。

決定方針之後，耀等人首先把沿著城區外牆繞一圈作為目標，開始進行探索。廢墟的道路已經荒廢，野花也已經占領了地面，讓眾人一直無法順利前進，不過總算還是有一些稱得上成果的發現。

這個附屬城區以城堡為中心，被分隔成十二個均等區域，而且還殘留著像是工業區或商業區的痕跡。

傑克伸手摸著外牆的門，並搖晃著南瓜腦袋點點頭。

「被分割為十二等分的空中都市……看起來更像是和『Zodiac』有關了。」

「嗯，說不定各區域裡藏有什麼祕密。」

「呀呵呵！很有可能！那麼我從空中進行搜索，春日部小姐還有愛夏就和小朋友們一起去四處探索吧！」

傑克搖晃著南瓜頭和破布衣，往外牆上方飛去。

必須負責孩子們的耀轉身面對愛夏——

「喂喂！你們這些小鬼可別爬到高處啊！還有碰到比較大的瓦礫時，要三個人以上一起去搬開！要不然受傷了怎麼辦？……啥？被石頭丟到？真是的有夠麻煩！喂！拿石頭亂丟人的傢伙現在立刻給我出來道歉！要不然就得接受倒吊處罰！聽到了嗎！」

……看來根本沒有耀上場的機會。

「Will o' wisp」似乎有在收養兒童的靈魂，愛夏雖然看起來那副樣子，不過或許她已經很

習慣照顧小孩。

（話說回來，嘎羅羅先生在做什麼呢……？）

耀東張西望地尋找。這才發現嘎羅羅正抱著腦袋，坐在一間古老大宅的門前。

他的視線正死盯著自己的手掌，全身還不斷劇烈顫抖。

他手中拿著春日部耀的恩賜──「生命目錄」。耀是為了擬定對付魔王的戰略所以才拿給嘎羅羅看，然而現在的他卻沒有餘裕去思考那種事情。耀才剛把項鍊交給嘎羅羅，他的臉色就立刻整個發青，還一直瞪大眼睛盯著「生命目錄」。

（雖然他叫我讓他一個人靜靜……不過真的沒事嗎……？）

耀站在遠方歪著頭，很擔心地望著嘎羅羅。

一個人待在遠處的嘎羅羅擠出了如同呻吟的聲音。

「……小姑娘說……這是……她父親製造的……？」

嘎羅羅用右手撐住頭部，凝視著「生命目錄」。

他只知道有一個人能夠辦到這種事情，而且那個人還跟自己相當熟識。

懷著強烈畏懼的嘎羅羅抬頭仰望天空。

（──能夠從所有生命體上收集情報，並讓持有者持續進化的單一演化樹……！雖然聽到她姓「春日部」時我就考慮過這種可能性，不過那個混帳大白痴……！千不挑萬不選，居然把這種玩意兒交給了自己的女兒……！）

嘎羅羅瞪著比傳出陣陣雷鳴聲的天空盡頭更遙遠的地方。

他眼前浮現曾在遙遠過去和友人一起談論過的夢想。

為了對抗所有策略與異能而製造的「抗魔王用全面性戰鬥武裝」。

（如果這是真貨……說不定真的能成為我們規劃的「抗魔王用武裝」。但是孔明，你……

連自己的女兒都打算讓她變成怪物嗎……！）

幕間其之五

——「Underwood」大河下游，大樹根部。

隔天，十六夜等人來到位於大樹根部的大廣場集合。

公開募集遊戲攻略組的參加者之後，似乎成功從非加盟的共同體裡募集到十幾隻參加者。

十六夜愉快地眺望著聚集在大廣場上的大鷲或翼人種等幻獸，另一方面表情中似乎也帶著點遺憾。

「真是，為什麼春日部的運氣老是這麼不順？現在可是認識幻獸的絕佳機會啊。」

「算了算了……別那麼說嘛，畢竟俗話說相逢自是有緣呀。耀小姐總有一天也會遇上命中注定的對象，獲得提昇自我能力的機會。」

「哦～」十六夜不置可否地回應。雖然他也不討厭這種浪漫理論，不過「良好的機緣是自己主動掌握才能獲得的結果」是他一貫的理論。

等待運氣等於是在等待死亡。

如果沒有主動掌握運氣的意志卻希望運氣能夠主動降臨，這難道不是單純的偷懶嗎？

「我可是忍受耳機被搶還把順位讓給她了呢。等到她把耳機還我的時候，我可要抱怨個一兩句——」

「——咦？」

「嗯？」十六夜轉頭回望大叫的黑兔、飛鳥和仁三人。

然而十六夜的注意力卻被位於視線前方的罕見幻獸吸引，很快就沒有興趣再追究這件事。

「那隻……擁有鷲頭跟長長的身體……是獅鷲獸？不，身體上還覆蓋著羽毛，而且身體下半部是馬？那麼是駿鷹(Hippogriff)囉？」

「y……YES！那是『二翼』的首領，擁有鷲翼的怪馬！」

「十……十……十六夜同學如果有興趣，要……要不要去打個招呼呢……！」

「嗯，好啊。既然『二翼』的領導者在場，那麼湊巧是個好機會。小不點少爺也該利用這次時機好好推銷名聲。」

「我……我知道了！啊啊！不過要是遇到格利先生，請來叫我們！」

「人……人家了解了！」

黑兔不自然地敬禮，目送兩人離開。十六夜也行禮回敬，並帶著仁興致盎然地往駿鷹的方向跑去。

另一方面，留在原地的黑兔和飛鳥冒著冷汗面面相覷。

「……黑兔，妳不是說過十六夜同學已經不介意了嗎？」

幕間其之五

「這……這是因為那個……人……人家忘記告訴他耳機已經壞了……！」

「妳……妳這隻笨蛋兔子！沒講這件事的話會造成反效果吧！看十六夜同學那個反應，根本是堅信耳機必定會回到自己手上嘛！萬一和春日部同學會合時被他得知真相……！」

啊嗚~黑兔沮喪地垂下兔耳。她之前去尋找耀的下落時，也有目擊情報指出耀的脖子上掛著貓耳耳機。如此一來眾人會合時根本無法隱瞞。要是再繼續這樣下去，會使得兩人在狀況不妙到極點的局勢下碰面。

兩人冒出大量冷汗，用力吞著口水。

「……先偷走再陷害然後弄壞之後才歸還？這太過分了，要是我絕對無法原諒。」

「人……人家也無法原諒。」

「嗯，我也覺得很奇怪。就算是十六夜同學……不，我想正因為對象是十六夜同學，所以不可能在遭遇到這種背信忘義的事情後還可以笑著原諒。」

「該……該怎麼辦……？」

驚慌失措的黑兔已經快哭了。

飛鳥也煩躁地咬著指甲拚命思考各種對策，最後還是甩著頭放棄。

「……只能船到橋頭自然直了，這畢竟是他們兩人的問題。要是我們繼續介入還擅自打亂狀況並不是聰明的做法。」

「可……可是……萬一他們兩位起了爭執，人家該……！」

「到時我也會幫忙，還有仁弟弟跟年長組……不用說，記得要把蕾蒂西亞也拉攏到我們這邊來。」

飛鳥帶著苦笑眨了眨一邊眼睛。

黑兔似乎也稍微放心，以做好心理準備的態度雙手用力握拳點了點頭。

「了解！既然都這麼決定了，就趕快來破解這個遊戲吧！」

「嗯。為了達到這個目的，首先要徹底守住『Underwood』。」

*

——呸！十六夜惡狠狠地罵了一聲，踢起廣場的草皮。

「……什麼啊，那些簡直是傲氣化身的幻獸們，感覺牠們根本沒打算認真應對我們吧！而且明明才第一次見面，為什麼我們得承受什麼『連飛上天空都辦不到的猴子』、『沒有利爪也沒有尖牙的小鬼』之類的莫名其妙辱罵？通譯員是在耍我們嗎？比起那樣，被罵成『區區無名』反而還好聽點！」

「算……算了啦，畢竟駿鷹是第三幻想種，或許比較自負不凡……」

仁拚命地安撫滿心焦躁的十六夜。

——所謂「駿鷹」是獅鷲獸和馬交配而成的高位生命，也是通稱為「第三幻想種」的次世代幻獸的名稱。

擁有一種因子的動物和人類是初等生命，擁有兩種以上因子的幻獸和神族是高位生命。從高位生命再持續進化的物種，就稱為「第三幻想種」。

「而且以前似乎有謠言指出這附近有德拉科·格萊夫的私生子，據說牠也被認為是候補之一。現在已經完全以此自居，聽說即使在聯盟內也相當有勢力。就是因為擁有這種崇高尊嚴才會擺出那種態度……」

「哼！才不是，那是先天性的驕矜，而且是那種並非以自身為傲，只是存心瞧不起他人的類型。對於使用語言或是外型長相和自己不同的對象就採取鄙視態度，可說是性質最惡劣的例子。更不用說那種傢伙絕對不是能用『崇高尊嚴』來形容的對象。」

看到十六夜很反常地高聲指責對方，讓仁很是驚訝。平常總是一派瀟灑脫的十六夜居然如此激動，想必對方的行為一定重重激怒了他。

依然滿肚子惱火的十六夜和仁回到黑兔她們身邊。

這時正好看到莎拉和格利兩人（？）正從反對方向朝著這邊移動。

「……小不點少爺，那個就是叫格利的傢伙嗎？」

「是……是的。」

十六夜低聲向仁確認。大概是因為先前的辱罵讓他氣得忍無可忍，所以這次想要慎重對應吧。

「十六夜先生！這位就是先前提到的格利先生喔！」

「嗯，我知道。不過連聯盟議長大人都來了，這是怎麼回事？」

「也沒有什麼大事，只是想把這個恩賜交給你而已。」

語畢，莎拉取出一個上面刻有「龍角鷲獅子」旗幟的草編手環。十六夜不解地歪著頭戴上那東西，然而卻沒有感覺到什麼特別的變化。

「……呃？議長大人？」

「你等等……怎麼樣呢，格利？」

「就算妳問我怎麼樣，但我原本就聽得懂人話啊。」

十六夜突然訝異得瞪大了雙眼。表現出這種驚訝反應的十六夜非常罕見，讓「No Name」一行人不由得面面相覷。

認為自己可能聽錯了的十六夜再度開口發問：

「……你叫做格利吧？該不會這個草編手環是……」

「嗯，據說這是以前用來幫德拉科．格萊夫通譯，由某個著名詩人編織出的物品。」

「什……什麼！這是通譯用的恩賜嗎！」

黑兔抖著兔耳大吃一驚，聽不懂是怎麼回事的飛鳥和仁只能一個勁地歪著頭。

十六夜似乎很佩服似地來回摸著手環。

「看來箱庭的詩人相當能幹呢……噢，不好，我忘了自我介紹。我是『No Name』的逆迴

十六夜。」

「我是『Thousand Eyes』的獅鷲獸，格利。之前在和巨人族的戰鬥中真是承蒙照顧，今天就以要將彼此性命託付給對方的同志身分來一起盡心盡力吧。」

看到格利以凜然態度和語氣來面對自己讓十六夜一時瞪大眼睛，才心情很好地點點頭。

「嗯。我今天要借用一下你的背了，多指教啊。」

語畢，十六夜哇哈哈地開懷大笑。仁判斷他的心情應該已經好轉而鬆了一口氣，這時十六夜卻突然轉過身子。

「喂，小不點少爺。」

「是……是的！」

「我不在的期間，由你負責指揮。」

「……咦？」仁整個人僵住。然而十六夜臉上的表情並不像是在說笑。

「不管怎麼說，你至今為止都一直旁觀著我們的戰鬥，應該已經很清楚所有人的恩賜和性質了吧？」

「這……這個……」

「更不用說這次的對手是對珮絲特特別有利的巨人族，是個該積極參加並藉此累積經驗的好機會……等一下，你該不會是怕了吧？」

十六夜訝異地發問，仁則用力搖頭表示否定。

「沒……沒問題，地上請交給我吧。」

「好，交給你了。不過別逞強啊，萬一小不點少爺你死了，至今的辛苦也會全都化為烏有……對了，也謝謝議長大人，能不能溝通可說是天差地別。」

「別介意，這東西原本就是只能對鷲、獅子，以及獅鷲獸三種生物正常發揮功能的物品，也是除非碰上這種情況，否則根本不會拿出來用的古董。隨便你怎麼使用都沒關係……啊啊，對了，還有其他東西要交給飛鳥。」

「我？」

「我從黑兔那邊聽說了，看樣子飛鳥妳本身幾乎沒有任何武裝吧？憑那種裝備，我怎麼能把『Underwood』交給妳呢！……所以啊，我把以前製作的作品翻出來了。」

作品？飛鳥更是一頭霧水。在莎拉示意之下，她乖乖讓自己的雙手被往前拉，並握住莎拉拿出來的深紅色恩賜卡。接著才剛看到卡片發出淺淺紅光，就冒出兩個金屬製的裝飾品以逐步顯現的形式包住了飛鳥的雙手。

「這是……鑲著紅色和藍色寶石的……護手？」

「嗯，因為形狀也是手套型的配件，所以我想應該妳那身禮服很搭配。這邊的紅色護手是『紅玉御手』，另一邊的藍色護手是『琥珀御手』，作為核心的寶石中還各自埋有特殊的恩賜。」

飛鳥在指示之下，仔細觀察雙手護具上的小小寶石。

「紅玉裡有龍角的碎片，琥珀裡則是水樹的種子。龍角和靈樹種子都是高純度靈格的結晶，所以我把這兩個物品加工成能夠放出火焰和水流的簡易恩賜……我想，總比什麼都沒有還好一點吧？」

「當……當然！不過只有我免費收下這些也太……」

「不不，不是免費。我們必須靠飛鳥你們『No Name』的眾成員們來保護『Underwood』，所以這是理所當然的支援。」

「是這樣吧？」莎拉露出開朗笑容。看到這比剛認識時柔和數倍的笑容讓飛鳥有點不知所措，不過她也領悟到再繼續推辭反而失禮，因此以笑容和彎腰行禮作為回應。

「……我明白了，『Underwood』就交給我吧。」

「嗯，我這邊也會負責飛鳥的朋友。」

兩人對著彼此點頭的同時，集合的鐘聲響起，讓莎拉立刻發出慌張的叫聲。

「糟……糟了！已經這個時間了嗎！」

「哎呀哎呀？議長要遲到了？」

「嗚哇~真是個問題兒童~！」

「不，我想只有十六夜先生您沒有資格講這種話喔。」

黑兔偷偷地開口吐嘈。

莎拉並沒有理會三人，而是直接轉身，朝向議長座位急速衝刺。

＊

——「Underwood」上空。吸血鬼的古城，黃道之王座。

身穿黑色長袍的女性——名為奧拉的女性在通往御座廳的樓梯轉折處占據了一塊地盤，透過水晶球窺視並察覺到地上動作後低聲說道：

「……殿下，『Underwood』行動了。」

「是嗎？我也認為差不多是時候了，做好迎擊準備了嗎？」

「當然。已經在附屬城區裡的吸血鬼屍骸上撒下了冬獸夏草。苗床那麼營養，我想現在冬獸夏草應該已經填滿了所有區域吧。」

奧拉掩著嘴角嘻嘻笑了，殿下也點頭回應。至於隨侍在後方的鈴一方面忙著把殿下的白髮編成麻花辮，同時以似乎很感意外的語氣開口說道：

「是嗎～我還以為參加者方會用掉更多時間呢～」

「嗯？為什麼？」

「因為休戰期間足足有一星期呀。現在才過了三天，感覺應該不是會讓他們感到焦急的時間，更不用說翅膀受傷的幻獸好像也很多。如果是我，就會先專心治療直到不得不開始行動的最後一刻……嗯，差不多到了第五天，才會在已經備齊全力的狀態下開始探索敵方城堡。」

聽到鈴的進言，讓殿下和奧拉都開始思考。

應該是因為他們判斷這番話雖然不能全盤肯定，不過確實有拿來仔細思量一回的價值吧。

「……說得也對，鈴的主張確實也有道理。我讓使魔去確認後，也發現攻略部隊的人數似乎還不滿五十。」

「即使把非戰鬥人員也算進去，還是在全體的二十分之一以下嗎……就算是為了迎擊巨人族，這數字也太少了。」

「會不會是有剩餘的戰力，或是預料會有援軍前來呢？」

「不，這假設並不具備現實性。在目前『階層支配者』已經被壓制的情況下，對遭遇魔王襲擊的共同體還有意願伸出援手的好事者，也只剩下牛大王了。而且那個牛大王現在正在支援『鬼姬』聯盟，所以可能的理由只有下列兩種！」

鈴倏地舉起右手。

「首先，第一個可能性是參加者方在解謎方面遇上了困難。也就是說參加者方完全陷入僵局，呈現無法掌控遊戲發展方向的狀態。所以才會做好面對犧牲和陷阱的心理準備，無論如何都必須闖入敵方的根據地。」

鈴講完這段話之後，彎下中指。

這時從迴廊柱子的陰影中傳出了哼著鼻子嘲笑的聲音。

「……無聊，反正那些傢伙只不過是下層共同體聚集成的烏合之眾吧。」

這陰沉又兇猛的聲音中透露出瞧不起人的輕蔑。

然而鈴卻雙手叉腰，像是要指責對方般地激動說道：

「真是的！格爺！我認為大爺您這種傲慢的心態很不可取！輕視對手比不上自己而種下敗因，這可是三流玩家才會做出的行徑！」

「……唔。」

被小女孩斥責讓格萊亞發出似乎頗為不滿的聲音。

鈴換上嚴肅的表情，以像是要證實自己主張的態度開始說明：

「我認為這個假設一並不可能。既然嘎羅羅大老也有來參加這次的收穫祭，那座只要多花點時間，應該就能明白通往答案的解謎關鍵。而且如果打倒珮絲特……啊，不是，打倒『黑死斑魔王』的共同體也有前來參加，我不認為參加者在解謎方面會遇上如此大的困難。畢竟這次的遊戲對於能夠解開『The PIED PIPER of HAMELIN』的人來說應該不是那麼棘手。」

「不過那是妳的基準吧，鈴？而且妳自己有解開『The PIED PIPER of HAMELIN』嗎？」

「嗯，如果以沒有罰則的標準式樣為限，我差不多花了五天。因為要解謎必須混合考量多個世界的『哈梅爾的吹笛人』相關解釋與時代考察，所以有點困難……格爺您有解開嗎？」

格萊亞只哼了兩聲就不再說話。

感覺自己成功駁倒對方後，鈴再度豎起手指繼續說明：

「不過假設一只會成為敵方的確不如我方的證據，並不會形成什麼特別的威脅。畢竟迎擊

焦躁的敵人並不是難事——因此問題是另一個假設。」

講到這邊，鈴不再繼續胡鬧，而是收起表情——瞇起眼睛環視周遭。

「——這是最嚴重的假設。地上的參加者們已經完成解謎，而且面臨不得不發動強行進攻的狀況。例如——組織的重要人物因為某種意外，已經被帶進了敵城之類。」

「——……！」

這剎那，在場所有人都提高了警戒心。

四人像是威嚇般地把殺氣傳向周遭，壓迫城堡全體。

石造古城傳出嘎吱嘎吱的聲響，然而周圍並沒有出現可能來自敵人的氣息。

至少城內應該沒有任何人吧，畢竟面對如此強烈殺氣還能不為所動的人並非隨處可見。鈴壓低音量，對著殿下說道：

「……我或奧拉小姐、格爺即使被發現也沒有關係，畢竟原本就在預料之中。不過要是被對方察覺到殿下的存在那可就危險了，因為殿下您是我們的最終王牌，不能在這種遊戲裡就輕易曝光。為了以防萬一，希望您能前往地上躲藏起來。」

殿下也理解地點點頭，保持對周遭的警戒並嘆著氣向奧拉提問：

「奧拉，能知道冬獸夏草現在的情形嗎？」

「由於那並不是使魔……就算已經被哪個人打倒，我也無法得知。」

「那監視用的使魔呢？」

「非……非常抱歉，已經全部派往地上了。由於對方開始積極行動，為了多取得一些情報……！」

唉～殿下嘆著氣搔了搔頭，然而這件事也只能乾脆認定是一樁意外事故。他重整心情，對著鈴和奧拉做出指示。

「我能理解鈴的主張，萬一有參加者潛入這裡，那麼的確棘手。不過這部分交給格老處理，妳們兩人差不多該和巨人族會合，並進行擊垮『Underwood』的準備。」

「謹遵吩咐。」

「嗯，殿下您也要小心喔，千萬不要被任何人發現。」

「妳是在擔心誰？不用妳提醒，我也已經決定會一直袖手旁觀直到遊戲結束……妳自己也要小心，別被人逮著了破綻。」

鈴和奧拉揮著手道別，雙雙消失於迴廊的黑暗中。

殿下似乎很累地在樓梯上坐下，臉上浮現苦笑。

「……那傢伙，越來越擅長掌控遊戲情勢了。」

「是的。只要和她擁有的恩賜一起使用，應該會成為可靠的遊戲掌控者吧。看來恐怕不久之後，我的參謀地位就會被鈴奪走。」

「我很想說才沒那回事……不過也無法斷言呢。畢竟在某方面來說，鈴的恩賜可稱為終極的恩賜，即使能看穿也無法對付。」

「是的。地上只要交給那兩人應該就沒問題吧。至於城堡會由我負責留守，請殿下去躲起來吧。」

「我知道了……啊，對了。」

殿下像是突然想到般地靠近格萊亞，咧嘴一笑。

「關於那個『生命目錄』的擁有者……說不定闖進城堡的人就是那傢伙喔。」

「……怎麼可能。」

「我沒有根據，只是覺得如果是那樣就有趣了……你也這樣想吧？格萊亞・格萊夫。」

殿下靠近迴廊柱子的陰影處。從陰影後方現身的是──頭上有著巨大的單一龍角，胸口銘刻著和「生命目錄」同樣的圓環狀演化樹的黑色獅鷲獸。

「怎麼樣呢？和擊敗你兄長『德拉科・格萊夫』的男子擁有相同恩賜的對手……你內心裡是不是也別有想法呢？」

「怎麼可能。我的胸前同樣也銘刻著那男子製造完成的演化樹。縱使對方也使用同樣的恩賜，也不會是我的敵手。」

格萊亞展示著胸口的「生命目錄」，淡淡回答。殿下一瞬間露出感到很沒趣的表情，不過立刻又換上無畏的笑容。

「算了，也好。我也已經吩咐過鈴和奧拉了，一旦發現『生命目錄』的擁有者，就可以拋開一切以此為優先。我允許你們那樣做。」

「遵旨。」

殿下的身影無聲無息地融入黑暗消失無蹤。格萊亞也展開不像是獅鷲獸的漆黑雙翼，飛離這條通往王座的迴廊。

＊

——「Underwood」上空，一千公尺地點。

強勁的風發出咻咻聲響掃過十六夜的臉頰。攻略組終於出發前往古城之後，十六夜就因為搭乘格利的感覺而掩飾不住興奮情緒，開心大喊著：

「哈哈，這真不錯……！這下我多少能體會春日部的心情了！這個每踩一腳就往空中加速的衝刺感真的只能用『踏著空氣奔馳』來形容！」

「這算什麼，要是我認真起來可不只這樣。如果破壞隊形也沒關係的話，輕輕鬆鬆就能飆出目前五倍以上的速度。」

「好！那上吧！」

「別亂來，還有不要太往前。格利也一樣，別做出破壞集團秩序的行徑。」

就在旁邊拍動火焰翅膀的莎拉很受不了地開口告誡他們。

「好！上吧！」

幕間其之五

「所以我不是叫你們不要亂來嗎！」

……然而她的告誡並沒有發揮效果。莎拉頭疼地希望他們能夠更嚴肅一點，等到在和古城的距離只剩下不到一半之後，兩人（？）都安靜了下來。

大概是因為身為最棘手問題兒童的十六夜已經沉迷於從空中俯瞰箱庭的景色。

身處遙遠高空，往下眺望眼前箱庭大地的十六夜喃喃說道：

「……真是不可思議的光景。明明這地方被關在箱子裡，卻可以看到地平線。」

「不可思議嗎？」

「嗯，對於我這種來自外界的人來說，箱庭是最棒的寶箱了。」

十六夜瞇起眼睛凝視遙遠的另一端。

被封閉於箱中的地平線可以看到綠地和黃土交錯混雜。

如果除了這些還能看到些許青藍色天空，就能湊齊三種色彩，呈現出雄壯的景觀吧。

「講到空中的旅程，給我的唯一印象就是必須被關在狹窄空間裡忍受壓迫感……不過如果可以享受像這樣悠閒又開放的飛行，空中旅程倒也不錯。」

「是嗎？」格利回應。

雖然十六夜的時代也具備發達的航空技術，然而並沒有那種能夠讓人以一介肉體邊感受氣流邊旅行的工具。就算是有，那也是國與國之間明確劃分出境界的時代。恐怕無法隨心所欲地盡情享受空中旅程吧。

攻略組以平緩的速度維持隊形逐步上升。

十六夜以感動到極點的表情繼續眺望著壯麗的大地和地平線。

——所以他才沒能及早察覺。

那個突然在隊伍正面出現的漆黑威脅。

「…………？」

第一個察覺異狀的人是莎拉。

在與吸血鬼古城相去咫尺的位置出現了一個黑色的奇異點。懸浮於半空中的那東西彷彿可以吸收所有光線，卻不具備立體的存在感。

如果要舉例說明——就像是個黑色圓盤。明明這個奇異點只具備了二維空間的存在感，然而無論從哪個角度觀看，那東西都同樣呈現球體。

「…………啊……」

奇異點突然改變外型，開始不斷震顫抖動。

——收縮、變化、膨脹。接下來伴隨著從黑暗深淵湧出的怨聲與殺氣——

感覺到死神手指彷彿已經觸到頸項的一行人同時恐懼得臉色煞白。

「所……所有人快逃啊啊啊啊啊啊啊啊啊啊啊啊啊啊啊啊啊啊啊啊啊啊啊啊啊啊啊啊！」

幕間其之五

十六夜對著後方部隊發出如同慘叫的撤退命令，然而一切都已經太遲了。

在無數雷鳴此起彼落的高空中，奇異點現出真面目。以轟隆作響的雷聲為背景，一個人影靜靜佇立，身上傳達出王者風範的外套隨風飄揚。

每當雷光連大地也一起照亮時，那頭黃金色長髮便閃耀出耀眼的光彩。

——魔王蕾蒂西亞・德克雷亞。

她以無情的眼神睥睨一切，用鮮血染濕了莎拉的胸口。

幕間其之六

——夕陽的晚霞灼熱得彷彿要將血液燒乾。

蕾蒂西亞打倒魔王回到故鄉後，迎接她的並不是凱旋的奏樂也不是頌揚的歌聲，而是同志們的慘叫和哀號此起彼落的地獄。

「呼……呼……！」

一起歸來的同志們都已經斷氣了。要不是屬下挺身保護她，連蕾蒂西亞自身也很危險。一切就是如此讓人措手不及。

「為什麼……為什麼……會變成這樣……！」

蕾蒂西亞拖著已經被灼燒成紅黑色的左腳，拚命地奔跑著。直到昨天應該還很繁華熱鬧的商業區和工業區裡都擠滿了發出哀號痛苦掙扎的同志。

他們每一個都擁有吸血鬼的血統。即使不是純血，依然是強壯的種族。縱使全身遭到串刺，應該也不會隨便喪命吧。

可以看到這些吸血鬼同志們彷彿成了被隨手棄置的垃圾，一個個橫躺在地的此處，到底是

多麼悽慘的地獄呢——

「卡拉呢……騎士長呢……還有父親、母親、妹妹在哪——」

「——噢，那些人大概都死了吧。」

蕾蒂西亞猛然停下腳步。講出這種不吉言論的人，是一個她不曾在附屬城區中見過的男子。

她以灌注了滿腔憎惡的視線，瞪視著聲音的主人。

「你這混帳……！」

「哎呀，等一下！為了避免誤解我要事先聲明，我可不是主犯喔，還有也不是共犯。」

擁有橫長眼眸的男子豎起食指，一派輕鬆地宣稱。

這名身材細瘦高挑的男子坐在一旁，身上穿著難以形容的服裝。蕾蒂西亞先抑制住高昂的感情，像是在評價般地觀察男子全身。

——這是讓人無法理解究竟「來自哪裡」、「屬於哪種」以及「為了什麼」的服裝。

蕾蒂西亞原本還以為自己識別力是不是受到了妨礙，然而卻無法察覺到那類的干涉。

換句話說這個男子——並非任何重要人物，離開這裡之後就是個無關緊要的對象。蕾蒂西亞得出這結論之後，決定平靜地聽對方說話。

「很好很好，不愧是『龍騎士』。即使在盛怒之下也不會忘我，我認為這可是妳的魅力之一喔。」

「……快點講重點。這是你出現的目的吧？」

「當然。因為這可是『行樂家（Storyteller）』的工作。如果是現在，我可以針對這個有兩萬名同志在痛苦掙扎的悲劇場景，詳盡地從內心想法到黑歷史都鉅細靡遺地說給妳聽喔。」

「……你剛才的發言為真嗎？」

蕾蒂西亞並沒有多加理會這名男子——自稱為「行樂家」的發言，只直接追求事實。自己一個人興高采烈的「行樂家」似乎很失望地垂下肩膀，不過蕾蒂西亞那已經走投無路的表情或許還是打動了他吧。

他收起難以捉摸的笑容，聳了聳肩膀。

「基本上，妳明白發生了什麼事嗎？」

「當然。能讓我等吸血鬼——『箱庭騎士』在短短數分內瀕死的方法只有一個……！」

蕾蒂西亞的鮮紅雙眼充滿血絲，她怒視著逐漸西沉的太陽。

——能遮蔽太陽光線的箱庭都市大帷幕。

這是為了無法在日光下生存的種族而設置的機關，即使說是專為吸血鬼建造也不算言過其實。

原本應該為吸血鬼遮蔽「陽光」這個最大的弱點，並傳遞溫暖恩惠的大帷幕，現在卻藉由某人之手而被打開。

「然而為了打開大帷幕，應該需要太陽主權——『黃道十二宮』或是『赤道十二辰』之一

才對！太陽的主權者們到底是在想什麼才做出這種行為……！」

蕾蒂西亞齜牙列嘴地怒吼著。正因為有能遮蔽陽光的大帷幕，吸血鬼們才會為了守護箱庭都市的秩序而流血至今。

結果到了現在，那些主權者們卻自己踐踏摧殘了這一切……！

「——下手的是吸血鬼喔。」

「……咦？」

「所以啦，我說下手的是吸血鬼，換句話說這是內亂。是說，妳沒聽說嗎？為了回報吸血鬼們的活躍表現，要設置第十三個黃道宮。」

蕾蒂西亞茫然地搖著頭。

不只是新設黃道宮的事情，連男子前面的發言她都沒有聽懂。

「不…………咦？」

「對於一部分吸血鬼來說，這可是殷切期盼的夙願吧？居然可以掌握長久折磨自己的魔星主權，這種機會生生世世也不知道能不能碰上一次，難怪他們會走上殺害同志這條路。」

蕾蒂西亞的舌頭不聽使喚也說不出話。

因為再怎麼說……做這種事情都沒有意義。吸血鬼居然為了殺死吸血鬼而去開放陽光照射，要是做了這種事情……連下手者本身都會有危險啊。

更不用說光是開放短短數分，根本不足以根絕王族或純血才對……

「嗯？噢噢，原來如此。妳弄錯順序了。」

「…………？」

「妳看看那邊。」

男子依舊以難以捉摸的態度聳了聳肩，抬抬下巴指了指城堡的最高處。

在他的示意之下，蕾蒂西亞訝異地望向城堡頂端。

由於白底城堡的頂端蓋成了高聳的尖塔，因此即使身在外圍，也可以仰望到城堡外觀。

只見在高塔的先端，沾粘著妹妹、母親、父親……屬於熟悉人們的衣物，至於下方的牆壁上，只剩下像是物體燒焦後的深黑色痕跡——

「那就是妳的家人。」

「……咦……啊——！」

「因為純血吸血鬼沒那麼容易死掉嘛。所以先處以釘刑接著刺穿心臟！最後再利用太陽舉行火葬，還真是慎重仔細呢！附屬城區的傢伙們真是倒楣透頂被牽連！他們一定連作夢都沒有想到，居然只是為了要殺害純血——而且還只是針對王族就不惜打開大帷幕！」

「行樂家」開心地抱著肚子大笑。

換句話說，在蕾蒂西亞和魔王展開死鬥的期間，革命就已經結束了。

蕾蒂西亞膝蓋一軟跪倒在地，無力地垂下頭。不久之後浸透左腳的太陽灼傷慢慢地侵蝕她的身體，逐漸轉變成徹骨的痛楚。

幕間其之六

隔著帷幕時明明是那麼溫柔的光芒，現在卻已經——西沉的夕陽看起來彷彿正要蓋上地獄的大窯。

明明吸血鬼一族……「箱庭騎士」就是為了避免這種悲劇才一直拚死奮戰至今。

「對了！謀反者們慷慨激昂地表示等到太陽西沉後也要取下妳的首級呢。畢竟如果沒有取得妳的首級，就無法以正確形式來獲得第十三個黃道宮。到日落為止似乎已經沒有多少時間了，妳也差不多該考慮一下自己將來的出路吧？無論是要重建共同體還是要逃離這裡，都是妳的自由。」

「…………………」

蕾蒂西亞搖搖晃晃地起身，繼續拖著左腳往前走的她想前往的目的地——吸血鬼的根據地。

「喂！憑這副身體妳還想做什麼啊？」

「……反正，被太陽光侵蝕的這個身體已經撐不了多久了。」

「沒那回事。只要接受適當處置，妳還能得救……所以啦，來交涉一下吧！妳要不要加入我的共同體『Grimm Grimoire』——」

「我拒絕。」

蕾蒂西亞以如同閃光的速度取出一把黑槍，抵住「行樂家」的脖子。

這不像是瀕死之人的切入和速度雖然讓男子讚嘆不已，不過他依然以一派悠哉的態度回應：

「可是啊～看這傷勢，就算妳去迎擊謀反者，也解決不了多少人呀。你的夥伴也在剛才的陽光中掛了吧？還是妳認為白白喪命也無所謂？」

「…………………」

即使如此，蕾蒂西亞朝著城堡前進。

道路岔出去的巷子裡可以看到因為太陽光受苦的吸血鬼同胞們正呻吟著倒在地上。蕾蒂西亞悲傷地凝視著這些光景，掙扎地拖著身子往前邁步。

他們不久之後就會全身都受到太陽光侵蝕，最後失去性命吧。

被那些試圖獲得太陽主權，但不知道究竟是哪些人的愚蠢吸血鬼們所害。

「……我不知道謀反者是誰，不過身為一國……不，身為共同體的領導人，我有義務要在那面旗幟下迎擊敵方，並拯救殘存的人們。」

就算這些人們即將就此滅絕，蕾蒂西亞也無法捨棄他們。

而且共同體裡的紛爭應該基於共同體的規則來裁決。

這是自箱庭開闢以來，就被視為牢不可破的法律。

共同體的榮耀和法律全都聚集在那面旗幟之下。如果針對謀反者該有什麼應下的判決，那麼旗幟將會做出審判吧。抱著這份信念的蕾蒂西亞往前走了一步，再走一步。

「行樂家」到最後只能失望地垂下肩膀，以無奈的聲調大叫：

幕間其之六

「唉……喂！『龍騎士』！只是要殺死謀反者的話，我有方法喔！」

咦？蕾蒂西亞停下腳步回過身子。於是，「行樂家」就把一封密封文件丟向她。

「我是『行樂家（Storyteller）』——又被稱為遊戲創作家。嗯，算是一種詩人吧。那封『契約文件』裡已經規劃好能將妳的『主辦者權限』利用到極限的遊戲規則。只要根據那個內容舉辦遊戲，就能在不牽連到無關共同體的情況下讓妳——蕾蒂西亞．德克雷亞成為魔王。」

「你……你說這什麼蠢話！居然要我等吸血鬼成為魔王！荒謬絕倫！即使此身終將消滅，我也要貫徹我等的榮耀！」

「哼……只不過是個不知世事的小丫頭，還想要死抓著春秋大夢到什麼時候！」

這聲叱喝讓蕾蒂西亞不由得感到畏縮。

「行樂家」的氣質徹底轉變，往前踏了一步，以足以鎮懾人心的態度瞪著蕾蒂西亞。

「居然主張要捍衛無法保護之物，援助無法拯救之人！噢噢噢，這真是精彩萬分的滑稽小丑行徑啊！公主殿下！因為太崇高了讓我真的有點想感動落淚又噁心想吐！」

「什……」

「妳剛剛說要守護一族的榮耀吧？那麼妳就動動那空蕩蕩的腦袋好好思考！要是妳在這場戰爭中輸給謀反者，吸血鬼們苦心建立起的事物……將會如何？那些傢伙的目標只有太陽主權和『全權階層支配者』的地位！意思是你們吸血鬼想留下的秩序與和平等等，根本什麼都不會留下！」

「這……這個……」

「結果妳卻為了完成只不過是自我滿足的復仇而想要去死！而且甚至還說出『為了他人』這種冠冕堂皇的天大謊話！啊啊啊啊啊，玩不下去。玩不下去啦，白痴到極點！這樣一來出於好心而來找妳的我看起來不就成了最大的白痴嗎！」

「行樂家」語氣激昂地宣洩著各式各樣咆哮怒罵。蕾蒂西亞無法反駁也無法繼續隱瞞心情，只能低著頭不甘心地發抖。

大概是已經把情緒發洩得差不多了吧，「行樂家」喘著氣以稍微冷靜的態度開口說道：

「……聽好了，妳要是想重建吸血鬼一族就快逃，要是想殺死謀反者就成為魔王。雖然殉死尚有可能保住榮耀，不過別那麼天真地認為即使敗北也能留住名譽。」

「——嗚……」

「要是妳在這邊被殺害，就是會變成那樣。不過如果妳願意成為魔王把謀反者全部殺光，那還尚可彌補。至少能夠讓『階層支配者』制度留下……只不過呢，蕾蒂西亞・德克雷亞這名字必須承擔起所有的罪名。」

妳打算怎麼做？「行樂家」最後以有些胡鬧的態度聳了聳肩。

蕾蒂西亞心不在焉地打開密封文件，抖著手確認遊戲內容。

看到她因為兇惡的遊戲內容而目瞪口呆，「行樂家」笑得更是粗野。

「可以讓謀反者也嚐嚐妳家人遭受的所有悲慘經歷，而且還不只一次兩次，而是半永久性

的反覆處罰！既然內容如此兇惡，我想應該也能讓妳發洩怨氣吧？」

「…………」

「要是妳鞭屍鞭得夠了，哪天終於想讓遊戲結束，也只要拜託哪個人來破解遊戲就好。如果妳找到能夠負責破解遊戲的人，就這樣告訴對方吧！叫他『攻擊第十三顆太陽』！」

說完這些之後，男子就轉過身子背對蕾蒂西亞。

「啊，只有這事我應該要先講清楚吧。成為魔王者，必須背負起總有一天會被消滅的天命。負責消滅者或許是英雄，也或許是神佛。不過這就是違抗群星運行的人註定面對的命運。所以，蕾蒂西亞．德克雷亞。如果妳能下定決心捨棄一切——」

——就成為殺害同志的魔王吧。

男子像是在訴說情話般地輕聲講完這句話，之後消失無蹤。

太陽很快就會完全沉沒，夜幕即將籠罩大地。

先前躲起來避開陽光的謀反者們開始在附屬城區中四處放火，把城鎮連同痛苦呻吟的同志們一起燒光。

蕾蒂西亞楞楞地凝視著這副景象，不消多久，就被謀反者們團團包圍。被太陽光侵蝕的身體已經有一半失去知覺。

連握著槍的手臂也沒有感覺，她自然而然地放下武器。

……看到不久之前還是同伴的人們正以劍相向，依然不知所措的蕾蒂西亞放眼張望四周——

突然，她看到城堡頂端那些燒得焦黑，由至親好友們留下的墓碑。

「…………」

——沒錯，那是她心愛人們的墓碑。

無論是大量的同志，親近的人們，還是深愛的家族……每一個人都無法獲得安葬，而是被迫成為附著在牆壁上的焦黑污漬。

既然如此，下手的傢伙們如果沒有受到相對的刑責懲罰，又怎麼算得上公平呢？

鮮血和淚水都滂沱落下的蕾蒂西亞抱著滿腔的仇恨放聲大叫：

「——你們這些混帳……連死亡的資格都沒有……！」

對原本同志們發洩出的怨恨，宣示了將要徹底誅滅他們的九族門人每一個，甚至連魂魄碎片都不放過的意志。

發誓一定要殺盡所有仇人的蕾蒂西亞——接受了魔王的烙印。

幕間其之七

——「Underwood」上空，三千公尺地點。

莎拉看著噴濺到自己胸前的鮮血，一時講不出話來。

她原本已經準備喪命。那確確實實是絕對無法閃避的一擊，瞄準莎拉丟出的長槍應該——會以超乎尋常的速度貫穿她的胸口。

「……咦……」

「……嗚——」

如果沒有這個男子——逆廻十六夜挺身擋在她的身前。

「你……你……」

「這些……混帳東西！我不是叫你們逃嗎！後方部隊難道都沒聽到嗎！」

千鈞一髮之際從格利背上跳過來的十六夜壓著被貫穿的左肩大叫。

因為這聲怒吼，時間再度開始流動。看到突然出現的蕾蒂西亞，眾人紛紛如同鳥獸般四下奔逃，然而這樣反而引起了她的注意。

蕾蒂西亞以深紅的雙眼確認逃走者，揚起用龍影變換而成的無數長槍瞄準目標。剛剛她只丟出了一槍所以十六夜還可以出手救人，然而要是蕾蒂西亞一口氣丟出數量接近一百的長槍，他也無法全數幫忙擋下。

靠在莎拉身上的十六夜開口說道：

「莎拉！有沒有武器？最好是有著長柄又很堅固的東西！」

「知……知道了！」

莎拉從恩賜卡中拿出一把三叉戟並交給十六夜。

十六夜用右手抓住三叉戟，跳到前來迎接的格利背上。

「……左手幾乎無法使力，雖然能握住韁繩，但這也已經是極限了。空中行動全都交給你了。」

「交給我吧——來了！」

影子形成的長槍一口氣發射，光是十六夜實際看清的數目就已經遠超過一百。

十六夜不斷揮舞著三叉戟，來打落這些射出速度是過去和蕾蒂西亞較量時五倍以上的長槍。

無法完全閃避的莎拉只能靠雙手放出的火牆來扭曲長槍的軌道，然而這全是仰仗十六夜的支援才能維持的平衡。

確定一百把影子長槍全都丟完之後，十六夜看了挺身保護背後古城的蕾蒂西亞一眼，迅速動腦思考。

（為什麼？雖然那看起來不像是真正的蕾蒂西亞，不過現在可是休戰期間啊。主辦者方應該無法主動挑起戰鬥才對。換句話說，這傢伙是和遊戲無關的「某物」嗎……？）

例如——這是主辦者打從一開始就為了對應「審判權限」而事先準備，和遊戲無關的獨立型恩賜。

十六夜推測這是在製作出遊戲之前，就已經為了這地方準備的機關一類。

（附屬於吸血鬼城堡本身的防衛用恩賜……這大概是最妥當的推論吧。）

做出暫定結論的十六夜放棄思考，對著背後的莎拉發問：

「議長大人，妳知道那個外表和蕾蒂西亞一樣的敵人是什麼嗎？」

「不……不過剛才的槍上散發出和首任大人的龍角類似的氣息。」

「首任大人？」

「據傳是『Salamandra』祖先的最強種之龍——星海龍王。龍之純血種留下來的遺骨或遺物本身就能成為強大的恩賜，像珊朵拉裝備著的龍角也屬於那一類物品。」

「龍的遺骨……意思是類似佛舍利那樣的神聖遺物嗎？」

「嗯，你也可以把那個視為相當強大的遺物。」

原來如此。十六夜點點頭。

（說起來大小姐以前曾經講過蕾蒂西亞能夠操縱龍的影子，意思是那道影子化成了蕾蒂西亞的樣子？）

不過如果光是這樣，還是有些地方讓十六夜無法想通。

剛才的攻擊和十六夜認識的蕾蒂西亞相比，明顯有著不同的威力。如果是面對以前的蕾蒂西亞，就算被搶走先機，十六夜應該依然可以在無傷的情況下處理掉她的攻擊。

（雖然也有可能是因為成為魔王後力量提昇……不過可能性最高的答案是敵方擁有蕾蒂西亞的「神格」。）

如此一來，一切都能說得通。

包括敵人擄走蕾蒂西亞的理由。

以及蕾蒂西亞據說已經被封印的「主辦者權限」被解放的理由。

（那麼……暫稱「魔王聯盟」的真面目難道是……！）

那個在三年前襲擊「No Name」的神祕魔王？

推論出這解答之後，十六夜內心的熾熱昂揚感開始沸騰。

（哼！運氣真好！在我們開始尋找線索之前對方就自己主動出現！）

十六夜咧嘴露出虎牙笑得兇猛，並側目看了莎拉一眼。

「議長大人，妳也回地上去。」

「咦……」

「礙手礙腳。」

幕間其之七

十六夜以完全沒有餘裕的語氣來表示拒絕。空中戰原本就不利於他，而且還得對付獲得神格的蕾蒂西亞影子。他應該是判斷要一邊保護莎拉一邊戰鬥，遲早會碰到瓶頸吧。

然而莎拉卻搖了搖頭。

「不行，飛鳥已經把你們的同伴交給我負責了。就算出現強敵，我也不能輕易退縮——」

——轟隆！下一瞬間，爆炸聲傳到了上空。

兩人和一隻一瞬間連眼前的蕾蒂西亞都拋到了腦後，凝神注視下方的「Underwood」——

「——嘎吼吼吼吼吼吼吼吼吼吼吼——！」

就看到對「Underwood」發動攻擊的巨人族大軍。

「巨人族……？怎麼可能！在這麼短的時間內，他們是用什麼方法才能移動那麼遠的距離！」

「不知道，不過總有什麼方法吧？現在下面肯定是一片混亂，沒有哪個人去負責指揮，是不是很不妙呢？」

怎麼辦？十六夜抿嘴一笑。

莎拉來回看了幾次古城和「Underwood」，最後以苦澀表情點點頭。

「……我明白了，你也不要太勉強。」

「我盡量。」

語畢，十六夜扯斷學生制服的袖子，綁在左肩上用來止血。先目送莎拉急速下降離開之後，才帶著苦笑對著格利開口：

「抱歉啊，讓你陪我。」

「別在意，反正是遲早要面對的敵人。」

格利哼著鼻子笑了一聲。

然而眼前的問題，最大的不安是雙方機動力的差距。雖然蕾蒂西亞連一步都沒有移動過，然而飛行速度一定也和神格成正比提昇。

十六夜不斷揮舞三叉戟，握住格利的轡繩。

「好啦，首先要來較量速度。我會負責把敵方的攻擊全部打落，先以登陸為目標，四處衝刺一陣吧！」

「了解！」

格利拍動巨大翅膀，支配旋風。面對突然加速的十六夜和格利，神格化的蕾蒂西亞影子也出手迎擊。

兩者的衝突讓「Underwood」上空迴響著激烈的金屬聲。影槍無窮無盡地持續射出，十六夜也一把不漏地全數打落。

雙方在空中縱橫馳騁，揮動可以貫穿山河的武器。

展現出怒濤般攻勢和實力的戰鬥以彼此的性命對立相爭，重複上演著一幕幕衝突。

*

——「Underwood」東南方原野。

第三次的襲擊依舊突如其來。

而且不是過去那種趁著濃霧掩飾的襲擊。在毫無徵兆的情況下，巨人族現身於原野前方的山丘，並一口氣發動攻勢。

「嘎吼吼吼吼吼吼吼吼吼吼吼吼——————！」

他們揮動長度約有人類兩倍的大劍，奔跑渡過大河，橫向斬斷堤防。

負責監視的守衛狼狽不堪地逃了回來。

「不……不好了！巨人族已經逼近我們了！」

「怎麼會！根據議長的講法，他們不是已經退到高原那邊去了嗎！」

在大樹根部的廣場上，身為「二翼」之長的駿鷹驚慌失措地大吼。聽到這段對話之後，黑兔趕緊將緊急事態告知飛鳥和仁等人。

「對方果然挑中這個時機發動攻擊呢。」

「當然呀。我方戰力已經分散的現在，對敵人來說就是最佳的機會。」

「接下來就是留下來的我們該負責的工作了──珮絲特！」

伴隨著一陣黑風，珮絲特從吹笛小丑的戒指裡現身。這次她身上並沒有穿著女僕服，而換上了當初第一次與眾人見面時的斑點花紋連身裙。

雖然珮絲特的表情依然一臉從容，不過一看到飛鳥就立刻把臉轉開。看來之前在浴室裡的經歷讓她受了不少教訓。

「仁弟弟，你有作戰計畫嗎？」

「是的。首先關於巨人族，既然有珮絲特在，那麼該不會造成太大的威脅。最大的問題是要如何因應被敵人偷走的『巴羅爾之死眼』……」

聽到仁嘴裡講出的發言，珮絲特挑了挑眉。

「……你說什麼？敵人擁有『巴羅爾之死眼』？」

「嗯。不過莎拉大人說那並不是巴羅爾本身的眼睛，而是同性質的魔眼。」

「你說同性質……死眼放出的『巴羅爾之威光』和『蛇髮女妖之威光』是同一類型的攻擊喔。一旦張眼，就再也無法防禦也無法閃避。除非能找來相同規模的神靈或星靈，否則根本實力懸殊不成勝負。」

珮絲特露出帶著責備的眼神，仁也半是同意地點點頭。

「嗯，我也這麼想。所以這次我想要在此重現『討伐巴羅爾』的傳承。」

仁以眼神對黑兔示意。

黑兔也像是靈光一閃般地用力伸長兔耳，點了點頭。

「難道是……輪到人家上場了？」

「嗯。黑兔妳擁有的『摩訶婆羅多的紙片』——帝釋天的神槍應該能夠徹底打倒『巴羅爾』。因為如果傳承是事實，凱爾特的主神丟出去的神槍似乎也擁有必勝之加護。」

唔，珮絲特皺起眉頭。

因為她本身也曾經嚐到那把神槍的苦頭，因此內心相當複雜吧。

——仁提出的「討伐巴羅爾」正如字面所示，是指打倒魔王巴羅爾的傳承。據說即使在巨人族之中也擁有特別強大力量的魔王巴羅爾甚至連肉體也鍛鍊得如同鋼鐵，是一個就算使用「必斷之魔劍．光之劍」也無法打倒的強壯戰士。

「傳說中打倒魔王巴羅爾的方法是使用『神槍．極光之神臂（Brionac）』來貫穿已經打開的死眼。所以我想使用帝釋天的神槍作為代用品……黑兔，妳辦得到嗎？」

「ＹＥＳ！請包在人家身上！」

黑兔俐落地豎直兔耳，用力挺起那豐滿的胸部。

「好。那麼在作戰的初期階段，要由飛鳥小姐和珮絲特讓敵方巨人族產生混亂並攻擊。只要順利把對方逼進絕境，敵人一定就會使用『巴羅爾之死眼』。至於黑兔要前往『Underwood』最高處待機並評估最佳時機，一旦確認敵方巨人族使用了『巴羅爾之死眼』，就要用帝釋天的神槍來給予最後一擊……如何呢？」

「……哼，還算是中規中矩的作戰啦。」

珮絲特一瞬間露出意外表情，不過立刻以泰然的笑容望向飛鳥與黑兔。

「對喔，我完全忘了。你們還有這隻怪物兔子在。」

「怪……！」

「那麼紅衣人，我們走吧。」

「我叫飛鳥，妳該用我的名字來稱呼我，『黑死斑神子』。」

「是嗎？等我哪天一時興起吧。」

珮絲特話聲剛落，立刻刮起一陣黑風。黑兔還來不及反駁，珮絲特就捲起煙塵往前飛翔，一直線衝向正在突擊「Underwood」的巨人族。

飛鳥也為了迎擊巨人族而和黑兔等人道別。

她並不是要前往最前線，而是要參加保護「Underwood 地下都市」的防衛線。

「畢竟我訂下了要保護『Underwood』的約定嘛——上吧！迪恩！」

飛鳥高舉起恩賜卡，負責支援幻獸和獸人們。

隨著「No Name」眾人開始行動，戰況也越來越激烈。

*

幕間其之七

——吸血鬼的古城，附屬城區。

在同一時期，耀一行人終於走完被分割成十二區的附屬城區，並把那些被他們發現，象徵「黃道十二宮」的物品都帶回放在一起。

耀在一座已經坍塌的老舊噴水池邊坐下，依序問著眾人：

「那麼接下來是報告會。傑克你飛上天空四處搜索，有找到什麼嗎？」

「呀呵呵……很遺憾，沒有什麼顯著的成果。只知道都市被分割為十二區，還有每個區域的外牆上都有象徵十二宮的記號。」

「記號？每一區都有？」

「是的。我們最初會合的地方有天秤宮的記號，從那區開始，接下來依序是天蠍宮、射手宮……雖說和十二宮的順序相同，不過並沒有找到進一步的資訊……」

「是嗎？謝謝你。愛夏和桐乃那邊成果如何呢？」

耀一開口發問，兩人就得意一笑，拿出了一個大布袋。

「哼哼~這就是我們的成果！」

「我們找到了刻有十二宮星座的某種碎片，還有其他十四個星座的碎片！」

噹噹噹！愛夏和桐乃把布袋裡的東西全部倒了出來。

耀和嘎羅羅詫異地把他們收集到的碎片拿在手上開始確認。

「有『黃道十二宮』以外的星座……？」

「喂喂……這是怎麼一回事？該不會我們被什麼誤導手法給騙了吧？」

兩人不安地看了彼此一眼。她們大概也沒有預料到居然會發現「黃道十二宮」以外星座的相關物品吧。

原本認定一定會大受稱讚的愛夏和桐乃換上悲傷的表情。

「咦……不會吧？該不會我們做了多餘的事情？」

「沒……沒那種事啦！我們只是在說這些碎片有可能也是些欺敵的線索……」

「……我們白忙一場了嗎？」

「啊……不……所以說不是……！」

嘎羅羅慌慌張張地想要解釋。

耀趁這段時間拿起星座碎片，組合缺口並想像完成後的模樣。

（這些碎片呈現球面，那麼如果把所有星座都串連起來，應該會成為一個球體。要是能收集到所有碎片大概可以像拼圖那樣組合起來，不過……）

那樣做有什麼意義嗎？

萬一這是在處罰條款發動前的時間拖延戰術，就代表自己等人完完全全被主辦者耍得團團轉。如果要相信自己的推論，這就是多繞了不必要的遠路。

「……桐乃，這些碎片是在什麼樣的建築物下面找到的？」

「呃……十二宮是在類似神殿的大型廢墟下，其他則是從瓦礫裡面翻出來的。」

是嗎……耀簡短回應。果然只有十二宮的待遇不同。

然而要是過於相信自己的推論，到最後弄錯結論那麼一切也沒有意義。

耀動起腦筋思考，把至今為止出現過的關鍵字一個個列出。

（——「Zodiac」、「黃道十二宮」、神造衛星、太陽同步軌道、天體分割法、「被打碎的星空」……被打碎？）

她唐突地抬起頭拿起碎片，正好拿到了天秤宮和天蠍宮。

這兩個碎片的缺口完美地接合——

「……啊，解開了。」

「咦？」

「解開了……我……解開了！我找到解答了！」

耀從噴水池邊猛然站起。

「『被打碎的星空』加上衛星！太陽軌道！還有另外一種解釋……能夠『被打碎、奉獻』的東西！這樣一來全都串來起來了！這些碎片就是奉獻給王座的最後關鍵！」

連耀本身都不敢置信。她原本的想法，只不過是想要在十六夜和飛鳥等人趕到這裡之前先找到一些線索而已。

她發出了似乎以前從未聽她這樣叫過的歡呼聲，伸手抱住愛夏。

「咦？哇……等一下！」

「愛夏！桐乃！你們立了大功！這樣蕾蒂西亞就能得救了！『Underwood』也會得救！」
接著她順勢握住桐乃的手，用力上下搖動。
桐乃也以開朗表情回應。
「那……那這場遊戲……！」
「嗯！接下來只要把這些碎片奉獻給王座……就能破解遊戲……！」

＊

——「Underwood」大樹頂端。
黑兔在水樹的茂盛枝葉上移動著。
這個位置能將整個戰場一覽無遺。就算敵人察覺到她的存在，想登上這個「Underwood」大樹頂端也絕非能輕易辦到之事。
黑兔凝視著珮絲特刮起陣陣黑風，和飛鳥與迪恩一起驅逐敵人的景象，眼中帶著憂鬱神色。
「……飛鳥小姐和耀小姐兩人的能力絕對都不差，深藏的潛在才能應該比人家更為優秀。只不過是比十六夜先生更晚綻放的花朵……十年後，一定能成為實力軼類超群的人物。」
然而對於人類……而且還正處於青春期的少女們來說，十年的歲月實在太長了。十六夜是因為特別老成，若是要求一般的少年少女把目標放在十年後好好努力，根本是非常痛苦的事情吧。

話雖如此，黑兔也不知道該怎麼引導她們兩人。

耀的恩賜必須接觸具備層層級別系統的種族才能發動，無論她和身為月之精的黑兔變得多麼親密，也無法獲得任何東西。

飛鳥的恩賜雖然已經看到了一些光明，然而還不到確定的程度。不，就算預測正確，那恩賜也極有可能是黑兔根本無力因應之物。

「意思是現在只能靜靜等待花開之時嗎……人家也應該要完成自己的任務……」

「呀呼～～～～～～～～～～～～～～～～～！」

——碰！這時有個感覺像是小孩的人以頭部從黑兔背後發動突擊。

所以，她就摔下去了。

「……咦？呀……呀啊啊啊啊啊啊啊！」

「哇啊啊啊啊啊啊啊啊啊啊啊啊啊啊♪」

黑兔夾帶著大樹枝葉一起往下掉，多虧這樣她才能只下墜幾公尺就停住。不過，現在並不是適合這樣胡鬧的時機，況且會在這種時候做這種蠢事的傻瓜只有一人。氣得兔耳不斷陣陣抖動的黑兔回過身子對著背後大叫：

「白……白夜叉大人！既然您已經來了應該要立刻去排除那些不守法的傢伙們——」

「哇～！哇～！哇～……！真的真的是月兔耶！是兔耳耶！姿色端麗、天真爛漫、強韌不屈而且還是犧牲奉獻的象徵！我還是第一次親眼看到！」

「——……咦……」

……她是誰？黑兔打從心底這麼想。

來自陌生黑髮少女的襲擊。黑兔原本因為這個意外事件而一時愣住，但很快就因為在胸前亂來的小手感觸而面紅兔耳赤，慌慌張張地把少女扯開隨手丟了出去。

「嗯……咻！」

「呀～！」

神祕少女轉著圈被丟到了大樹頂端。

黑兔拿出「模擬神格‧金剛杵」，舉起來對準少女。

「妳……妳是誰！居然能接近人家的背後……到底用了什麼方法？」

「妳問我用什麼方法？傷腦筋，我只是很普通地靠近而已呀。」

黑髮少女很可愛地歪了歪腦袋，看起來並不像是在演戲。

這樣反而讓黑兔提高了警戒心。

「……妳是我們的敵人嗎？」

「嗯，是呀。」

黑髮少女的笑容燦爛得簡直耀眼。

幕間其之七

下一瞬間，雷光立刻籠罩了周遭一帶。

發出轟隆聲響的「模擬神格．金剛杵」放出神雷化成的槍，直接攻擊少女。散發出熱氣和火花的閃電沿著含有大量水分的水樹樹葉竄流，讓樹葉一口氣燃燒了起來。

少女才剛做出回答，黑兔立刻不由分說地施展攻擊。

雖然這種先聲奪人的作法並不符合黑兔的風格，然而現在不是計較這種事情的情況。更不用說能在這種時候在這種地方出現的少女，絕不可能只是個普通人。

黑兔一邊調節閃電威力以避免大樹樹葉的火勢繼續擴散，同時似乎很疲倦地轉過身子嘆了口氣。

「……我有手下留情，但現在不是分神應付小孩子的時候——」

「——是嗎？那我可要認真出手了喔。」

已經轉身的黑兔聽到少女的開朗說話聲時，反應已經慢了一步。

她勉強把頭再轉回去，然而那時已經有八把投擲用小刀迫在眉睫。

（怎……怎麼可能……！）

已經不可能閃避。黑兔用握在手裡的「模擬神格．金剛杵」放出神雷來將投擲小刀一一彈開打落。

然而還是沒能全部擋下。對於瞄準胸口和側腹的那兩把小刀，她只能轉動身子，在小刀幾乎沿著皮掃過的情況下勉強避開。真是驚人的速度。

（這少女不只成功從背後靠近，甚至還承受住「模擬神格・金剛杵」的閃電……然後對人家施展攻擊……！）

面對少女這份從外表根本無法想像的異常能力，讓黑兔的背後流下冷汗。

對照之下，這名少女——鈴的雙眼閃閃發光，對黑兔送上感嘆的視線。

（好厲害！真沒想到在那種時機和姿勢下她還能閃開！）

那是有把握對方絕對躲不開才丟出去的小刀，結果黑兔卻在並未受到實際傷害的情況下完全化解。

交戰中居然背對敵人，實在太輕率了……原本鈴很瞧不起黑兔，不過這份感情卻在下一瞬間就換成了羨慕。

「不愧是『箱庭貴族』，讓我不得不佩服。」

「……那是人家的台詞，從先前開始，妳到底是用了什麼戲法？」

「祕密。不過既然兔子小姐這麼可愛，如果妳能猜到正確答案我就回答！」

鈴高舉右手如此宣誓。

這是過度自信的表現？還是她真的只是在玩？

黑兔慎重地評估距離，然而鈴卻帶著苦笑說道：

「順便講一下，我的工作是要擋下兔子小姐。」

「…………？」

「因為兔子小姐妳的任務是要射穿『巴羅爾之死眼』吧？要是讓妳成功，那我們就傷腦筋了。」

「所以我才會來這裡阻擋。」鈴才剛這樣老實招認，東南方的原野就傳出低沉的地鳴聲。

那聲音和巨人族的行軍聲或是迪恩行動造成的聲響聽起來都不同。

更加厚重，更加低沉，彷彿有一個巨大的嬰兒正在四處徘徊。

「這個感覺……難……難道是要把魔王巴羅爾……」

「嗯，就是那個難道。我本來也一直以為只會用到魔眼而已呢……沒想到『來寇之書』居然還有那種用法。」

黑兔臉上的血液一口氣倒流。

「來寇之書」是十年前巨人族之間彼此爭奪的「主辦者權限」之一，而且據說這東西在敵人的手上。黑兔立刻以兔耳傾聽，探查下方的狀況。

（在「Underwood」旁邊應該有人正在實行召喚儀式！）

收集周遭情報後，黑兔立刻發現這份不安猜中了。

在「龍角鷲獅子」聯盟和巨人族展開最激烈衝突的東南方原野——最後方的陣地中，有一個身穿長袍，攤開魔道書正在舉行儀式的女性。

毫無疑問，那正是擄走蕾蒂西亞的魔女。

「——嗚……絕對不讓妳得逞……！」

除了原先的巨龍，要是連魔王巴羅爾都被喚出，參加者方真的會完全失去勝算。黑兔以脫兔般的敏捷速度往前急奔。

然而她卻因為看到和自己並肩奔馳的人影而倒吸了一口氣。

「我可不能讓妳過去，兔子小姐！」

鈴從皮帶中拔出小刀丟向黑兔。高速往下掉落的黑兔在著地的同時，就保持姿勢直接往旁邊跳開以躲避攻擊。

這次她用上了比先前更多的力道，是使出全力的跳躍。

可是，鈴卻站在黑兔的面前。

（怎……怎麼可能！）

黑兔再度往旁邊跳開試圖闖越防線，然而鈴依然能夠反應，保持著若即若離的距離並第三次投擲出小刀。

這次黑兔從正面仔細觀察並閃避攻擊。小刀依然以相當快的速度逼近，但是並非快到無法躲開。小刀從黑兔身邊通過，立刻在她身後不遠處墜地。

黑兔也以「模擬神格・金剛杵」的閃電應戰，然而只要鈴一揮手，閃電就會立刻消散。即使對方恩賜的真面目仍然不明，黑兔依舊判斷靠近會有危險，因此一直保持距離用閃電瞄準攻擊。

這樣的攻防重複了五次，黑兔還是無法看透鈴的恩賜。

幕間其之七

——然而也不能繼續和她糾纏下去。

黑兔停下腳步，像是下定決心般地默默祈禱——接著高高舉起「模擬神格・金剛杵」。

「雖然要毀滅如此強大的才能實在讓人遺憾……不過還是請妳認命吧！」

舉起「模擬神格・金剛杵」後，黑兔的髮色彷彿引燃般地產生了劇烈的變化。

——捨身跳進火焰裡的「月兔」傳承。黑兔解放由於這份功績而得以借用的神力，她的黑髮也放出甚至讓人誤以為她全身都會燒起的耀眼赤紅色光芒。

不消多久，藍色閃電就變化成夾帶著火焰的紅色閃電。

黑兔倒握著蓄積了大量能量，甚至能將原野燒成焦土的「模擬神格・金剛杵」——

「模擬神格解放……！貫穿吧！『軍神槍・金剛杵』——！」

然後瞄準鈴射出了赤紅火焰和神雷光束。

匯集成束的紅色閃電前端變化成銳利的槍尖，燒盡金剛杵後成為一把紅色長槍。

這是以燃盡自身作為代價，只能解放一次神格的恩賜。也是黑兔獲賜的第三種恩惠「模擬神格・金剛杵」潛藏的真正一擊。

命中後的「模擬神格・金剛杵」向周圍放出甚至能掀翻地表的凝聚能量，捲起了滾滾黃塵。

——黑兔很有信心，這次一定有直接擊中對方。

雖然黑兔並不明白對方是用了什麼恩賜才能讓之前的攻擊消散，然而應該無法讓剛才的力量完全無力化吧。

黑兔大口喘氣讓肩膀也跟著上下晃動，不過她立刻調整呼吸，以扭曲的表情望向煙塵的另一端。

「——居然打算把整片原野也一起炸翻，兔子小姐的手段真是激進呢。」

「——……」

這是最糟糕的結果，煙塵中隱隱約約可以看到形似少女的剪影。

「而且為了讓我無法閃避，還選擇了和儀式場位於同一直線上的立足點來使出攻擊……嗯，真是非常冷靜又聰明，是一隻比傳聞更加優秀的兔子小姐。」

煙塵消散，讓黑兔受到第二次衝擊。

鈴彷彿什麼事都未曾發生般地直直站在原地，身上也沒有受傷。

而且連應該被擊中且發生爆炸的地點，受到的影響也只是地表稍微揚起了一些塵土這點程度。

（這……並不是被防禦，但也不是讓威力消散……？）

畢竟是那麼龐大的熱量，如果是讓威力消散，結果不可能是只捲起了一些煙塵。

要造成這種現象，應該只有使出同等力量來互相抵銷；或是利用防壁框住後強行鎮壓這兩種方法。

「好啦，繼續打吧！我現在也開始覺得很有幹勁了。而且要是不快點的話，儀式可會結束喔。」

「……嗚……」

少女笑得很開心。

看到她的笑容，黑兔修正了自己的想法。

——這名少女是強敵。如果沒有突破她，自己根本不可能阻止儀式。

＊

——「Underwood」東南方原野。

和巨人族的戰鬥完全是一面倒。

珮絲特使用特別適合對付大軍的黑風來接二連三掃倒巨人族，就算漏掉幾隻讓對方突破到戰線後方，飛鳥和迪恩也會一口氣打倒對方。

雖然飛鳥要是被包圍就會陷入不利，不過既然敵人是從前方大舉湧上，那麼無論必須面對多少對手都不成問題。

就在剛才迪恩又打倒一個巨人，發出怒吼。

「DEEEEEEeeeEEEEEEN！」

「辛苦了，這下後方差不多都解決了吧……？」
「——飛鳥！又有一隻朝妳過去了！」
從上空降下的莎拉對著飛鳥大叫。
正如她的忠告，有一隻拿著槍和鎖鏈的巨人族正朝著這邊接近。迪恩立刻舉起右手，卻被鎖鏈纏住使得動作一瞬間受到影響。
巨人舉起另一隻手上的槍，瞄準飛鳥攻擊。
「可……可惡！」
飛鳥準備用莎拉給她的紅玉迎戰。
然而在她行動前，就看到一道光閃過切斷了槍尖。
「咦……？」
「DEEEEEeeeEEEEEEN！」
飛鳥還來不及覺得奇怪，迪恩就抓住巨人的頭部往地上猛敲。敲了兩三次之後，巨人就毫無抵抗力地不再動作。飛鳥雖然側著頭覺得槍尖突然斷掉的現象非常不可思議，不過她還是先轉向飛下來的莎拉。
「莎拉，你們已經回來了呀？」
「抱歉，我們攻略組因為魔王在空中現身所以不得不撤退。現在是那名少年……十六夜和格利留下來戰鬥。」

「是嗎？不過十六夜同學一定沒問題。莎拉妳也和我們一起對抗巨人族吧。」

飛鳥完全不介意莎拉的慘敗，反而很乾脆地邀請她並肩作戰。

一方面覺得訝異，一方面也感到歉疚的莎拉回問：

「……妳不生氣嗎？明明妳把同伴交給我負責，我卻連他都拋棄了耶。」

「就算妳這麼說，但對象畢竟是十六夜同學呀。那麼一定沒問題。他那人肯定會一臉傲慢地說什麼……『我留下來，你們所有人都給我回去！』之類的發言。」

哼！飛鳥不太高興地回應。雖然讓人非常不服氣，但飛鳥本身也是像這樣受到十六夜保護的對象之一。很快就能預測出十六夜在緊急時刻會採取的行動。

看到飛鳥這副態度，莎拉回以苦笑和一絲揶揄。

「看來妳很信賴他。」

「只有在進行恩賜遊戲時啦……比起這事，剛剛幫我的人是妳嗎？」

「不，並不是我。剛剛那一箭來自在那邊戰鬥的斐思·雷斯。」

飛鳥看往莎拉指出的方向。

在遠比飛鳥位置更前線的地方，正在戰鬥的斐思·雷斯周圍已經有許多巨人族的屍體四處散落。她應該是負責對付從珮絲特黑風有效範圍外攻入的巨人吧。

可是在最前線作戰的她居然能夠如此精確地打斷位於部隊後方位置的槍尖，這身武藝確實非比尋常。

「不過妳說一箭……她是用弓？」

「嗯，距離這麼遠還能打中，真是了不起。」

以意外語氣發問的飛鳥把視線移向斐思．雷斯。

面對逃過黑風的巨人族，她首先從恩賜卡中拿出剛弓射擊對方。

要是出現避開箭矢的敵人，接下來則是取出劍並以刀身特殊的鞭劍來攻擊。

萬一還有哪個敵人運氣好到連這波攻勢都能避開，就使用兩支長槍來砍倒對方。

——利用恩賜卡來連續更換武器。

因應遠距離、中距離、近距離等各種狀況來取出適合敵方或自身的恩賜，讓戰況在有利的情勢下進行。這就是斐思．雷斯的戰術吧。

「剛弓、鞭劍、雙槍……根據狀況來使用適當武器雖然是常見的手段，不過這是我第一次看到有人可以把那麼特異的武器使用得如此完美。都做到這等地步卻還保留著實力，實在讓人畏懼。」

莎拉一臉佩服地望著斐思．雷斯。

對於斐思．雷斯這種完全計算掌控的戰法——老實說，飛鳥也看得入迷。

（因應狀況……使用最適當的恩賜……）

雖然飛鳥也不明白為什麼。

不過斐思．雷斯的戰法卻深深吸引了飛鳥。

「我們也不能輸。既然後方大部分都已經處理好了，我們也去闖入敵陣吧。」

「啊……嗯，我明白了。如果維持這種情況，我方就能順利排除——」

——這時，響起撥動琴弦的音色。原本意氣風發對話著的兩人停止交談，望向敵陣。剛剛的琴聲就是曾經數次混亂戰場的「黃金豎琴」。

兩人以視線彼此確認，了解到這代表敵方主力開始行動。

「終於要進入高潮了，妳了解敵方的恩賜嗎？」

「嗯。我記得那是能讓意識混亂，並製造濃霧的豎琴……沒錯吧？」

「不，那豎琴能操作的不只是濃霧。搶來後我進行了調查，才知道那是曾被凱爾特神群的大神使用過，歷史悠久且具備神格的豎琴。擁有的力量是操作喜憂感情、誘使睡眠，還有操控天候。因為天上已經有雷雲了，要是對方召喚落雷可就難以對付。要小心點。」

「是嗎？真是多采多姿呢……不過既然都已經查得那麼清楚了還被對方又搶回去，是不是太粗心大意了呢？」

唔！莎拉尷尬地把臉轉開。

「的……的確，又被敵方奪回是我的過失，所以現在就來洗刷這份污名吧。」

「是嗎，那我就從旁搶走這份功勞吧。」

飛鳥有些揶揄地說道，讓莎拉更是悶著一口氣無處發。

然而現實卻拋下了兩人，前線的戰況即將產生戲劇性的變化。

*

——「Underwood」東南方原野，最前線。

珮絲特四處放出黑風接二連三打倒敵人，不過她已經感到厭煩了。在屬性上處於優勢立場雖然樂得輕鬆，不過也欠缺樂趣。

再這樣下去，和飛鳥打還比較有趣呢～珮絲特一邊這樣想，同時一步步往敵方陣營中心前進。她經過之後，受到黑死病侵蝕的巨人族紛紛倒下，無一例外。

看起來戰場已經成了她一人大展身手的舞台。這時黃金旋律突然響遍了整個戰場，彷彿在嘲笑這個現狀。

珮絲特不快地皺起眉頭，凝視敵陣中央。

（這就是那個豎琴的旋律……？）

雖然之前已經聽說過了……原來如此，珮絲特感覺自己原本就已經很低落的幹勁現在更是迅速消散……不過，說不定幹勁降低和這個旋律並沒有關係。

無論如何，敵方是在對整個戰場進行士氣操作吧。

被黑死病侵蝕已經性命垂危的巨人族似乎受到了旋律的鼓舞，紛紛站了起來。

（哦……居然操縱戰場士氣強迫巨人族戰鬥，還真是讓人相當厭惡。意思是這些巨人族全都是棄子嗎？）

雖然珮絲特原本已經毫無幹勁，不過敵方的手法卻燃起她不快的情緒。

她看了自己手指上的另一個吹笛小丑戒指──

「──好吧。雖然我也不情願聽從『無名』使喚，不過你們卻讓我更加不快。」

珮絲特無視那些勉強起身的瀕死巨人族，急速往空中攀升。她來到巨人族無法攻擊她的位置，往傳出旋律的敵方總部正上方發動襲擊。

她讓八千萬怨歎形成的衝擊波聚集於雙掌之中，維持著這種狀況往下降落到敵人眼前。

身穿黑色長袍，打開「來寇之書」進行儀式的女性──奧拉注意到珮絲特。

「嘻嘻，我等妳很久了，『黑死斑神子』。幫『無名』跑腿有趣嗎？」

「嗯，至少他們不會像你們那樣讓人不快。」

話聲剛落，珮絲特就解放雙手，於是夾帶著幾千萬哀號聲的黑色衝擊波便襲向奧拉。

然而衝擊卻在奧拉幾步之前爆開。

這突然的發展讓珮絲特瞪大雙眼。奧拉掩著嘴角嘻嘻笑了。

「和『哈梅爾的吹笛人』切割開來之後，妳的靈格縮小了不少嘛。即使擁有八千萬的死靈，現在的妳距離神靈卻很遙遠……如何？要不要再度加入我方呢？這次一定會為妳那份優秀素質準備相匹配的媒介。」

「…………」

珮絲特依舊維持著從容的態度，連續放出衝擊波。

然而那些都在奧拉身前——不，正確來說是在建構出儀式場的圓陣前方全數爆開。很明顯地，其中一定有什麼機關。

奧拉露出從容的微笑，繼續以甜言蜜語引誘珮絲特。

「珮絲特，如果只論素質，妳擁有單身就足以成為神靈的靈格。妳持有的那些靈群，甚至可說是超脫規格的規模，就算要建構新神群也並非癡人說夢。如果妳希望的話，我們也可以給妳一些部下，不是上次交給妳的『哈梅爾的吹笛人』那種無能的三流小嘍囉惡魔——」

「——閉嘴。」

奧拉的臉頰被劃破了。珮絲特突破了遮擋住黑色衝擊波的圓陣，讓奧拉藏在長袍下的臉孔露出明顯的意外神色。

不過這份驚訝與其說是源自臉頰受傷，倒不如說是因為看到珮絲特表現出憤怒情緒。

「……奧拉，我只有一件事想感謝你們。別無其他，就是提供魔道書『哈梅爾的吹笛人』給我的這件事。如果只針對這一點，毫無疑問我對你們有情分也有虧欠……所以剛剛的交涉的確有考慮的價值。」

「…………」

「不過妳這傢伙自己現在卻把這一切都乾脆捨棄，而且還以語言侮辱。或許對於你們來說只不過是棄子，但是『Grimm Grimoire Hameln』……卻是我賭上一切揚起旗幟，讓他們奉獻生命的共同體。」

珮絲特以沉靜的語調斥責奧拉，並握緊戴著吹笛小丑戒指的右手。

——珮絲特原本是和「哈梅爾的吹笛人」無關的惡靈群。要讓已經和「哈梅爾的吹笛人」分開的她現身於世，這個戒指是效力極為低落的媒介。

然而這卻是珮絲特本人的願望。

被召回箱庭時，她提出了隸屬的條件——

「為了弔念因為『黑死斑魔王』的野心而殉身的兩名同志，無論什麼形式都好，我希望能留下『Grimm Grimoire Hameln』的旗幟。」

——當然，她沒有這種權限。

成為魔王偏離秩序並敗北之人不會獲得這種自由。

然而陪同再召喚的白夜叉從珮絲特的心情裡看出更生的光明，接受了這個任性願望。就這樣，吹笛小丑的印記成為束縛她的隸屬之證。

「污辱我的同志，就等於是污辱我旗幟的行為——所以此時此刻，我們雙方已經訣別。之後就只能互相殘殺了，古老的魔法師。」

「……是嗎？真遺憾。」

奧拉嘆口氣，表現出真的很遺憾的態度垂下肩膀。

另一方面，突破巨人族主要部隊的飛鳥、迪恩、莎拉，以及跟隨而來的「龍角鷲獅子」聯盟眾幻獸與獸人們正好也在此時來到奧拉面前。

飛鳥斜眼看了一下珮絲特。

「辛苦了，珮絲特。」

「謝了，不過還沒結束。」

所有人的視線都一起集中到奧拉身上。

莎拉以代表者的身紛往前走了一步，勸告奧拉投降。

「巨人族全部被我方打倒了，雖然妳操縱士氣勉強他們戰鬥，不過畢竟是些瀕死之輩，不是我等的對手。妳最好老實投降，乖乖接受我們的拘捕。」

莎拉講完之後，伸手把劍拔出。意思是剛才這番話已經是最後通牒吧。

失去巨人族，四面八方都被包圍。然而奧拉的嘴邊依然保持著令人感到不快的笑容。

珮絲特一邊警戒，同時對飛鳥和莎拉說道：

「小心點，這人和巨人族一樣是人類中的幻獸——一般通稱為『魔法師』。」

「……魔法師？就是會在童話繪本裡出現的那種？」

「對，而且在那之中，這傢伙還是被稱為『Fay』，相當於『妖精（Fairy）』語源的瀕危物種。和代表性例子的『亞瑟王』中的『湖中仙子』和『摩根勒菲（Morgan le Fay）』；以及『灰姑娘』中的『小小魔法師』等屬於同系統，在人類這範疇中，可是屬於最上級的危險人物。」

「哎呀，真是把我的底都掀光了。不過這種事情應該要在戰鬥開始前事先告知才對吧？」

「我不是說過了嗎？直到先前為止，我對你們有情分也有虧欠……而且，不管是仁還是這個紅衣人甚至怪胎男到怪物兔子都像事先偷偷說好了一樣，沒有半個人來問我。妳不覺得他們在奇怪的地方上特別講究道義？」

悠哉說完之後，珮絲特看向「Underwood」的總部。

透過珮絲特的五官窺視戰況的仁不由得嚇了一跳。

（……偷窺狂。）

（不……不是……）

珮絲特在腦中發言，結果仁也確實有了反應。

原來如此，同步時連思考也能相通嗎？這下知道了有趣的事情呢～珮絲特偷偷竊笑。找到應該能拿來玩弄的材料讓珮絲特恢復好心情，把視線放回奧拉身上。

「好啦，來把事情了結吧，奧拉。現在我可以幫忙交涉特別待遇，讓妳保住一條命並成為享有三餐項圈的歐巴桑幫傭喔。」

「…………」

聽到珮絲特這番話，奧拉收起表情。

她先環顧圍住自己的大量敵軍，才喃喃開口說道：

「……珮絲特，妳知道為什麼巨人族對黑死病沒有抵抗力嗎？」

「咦？」

「起因是某個擁有強大力量的巨人族支配了其他巨人族。『操縱黑死病來架構出的支配體系』——這成為巨人族的詛咒，讓妳能占有優勢。不過用相反角度來思考一下吧。既然有『被黑死病支配的巨人族』，當然也會有『利用黑死病進行支配的巨人族』吧？」

……什麼？四處都傳出這樣的反應。

奧拉闔上「來寇之書」，伸手拿起放在儀式場中的「巴羅爾之死眼」。

不知道奧拉想做什麼的珮絲特皺起眉頭。

這時她腦中響起仁近乎慘叫的聲音。

（珮絲特！快打倒她！立刻動手！）

（咦？）

（中計了！就是巴羅爾！所謂「靠黑死病建立起支配體系」的巨人族，就是巴羅爾率領的部族！說不定敵人原本的目的就是……）

仁這番話也讓珮絲特以直覺聯想到敵方的目的，她看向被黑死病打倒的巨人族。

然而奧拉卻以嘲諷的態度高舉起「巴羅爾之死眼」。

「再見了！『黑死斑神子』！還有『龍角鷲獅子』聯盟的各位，以及許許多多其他諸位！大意讓全軍進擊的你們即將敗北……！」

「巴羅爾之死眼」一瞬間就發出了足以覆蓋整個戰場的黑色光芒。

受到死眼光線照耀，以為自己會死的莎拉等人卻發現身體並別無異狀。

不明就理的一群人面面相覷，然而下一瞬間──

「嘎吼吼吼吼吼吼吼吼吼吼吼──────！」

從黑死病中解放的巨人族發出震耳喊殺聲，包圍住眾人。

*

──「Underwood」東南方的原野。

黑兔正在戰場上四處奔馳，額頭上的汗水反射著光芒。

既然已經失去「模擬神格・金剛杵」，她擁有的武裝恩賜只剩下兩張「摩訶婆羅多的紙片」。

而且使用這兩個恩賜必須負擔極大的風險。

（上次是請飛鳥小姐協助……但是讓這個女孩子靠近飛鳥小姐實在太危險了……！）

追著黑兔的黑髮少女。

這名少女──鈴的機動力甚至可以和黑兔或十六夜相匹敵。既然十六夜正在上空戰鬥，那麼在場能壓制住她的人只剩下黑兔。

雖然少女只是保持著若即若離的距離並射出小刀，然而每次投擲都具備了能確實逮中黑兔的速度。黑兔雖然勉強能持續成功閃避，然而她也不知道自己還能支撐多久。

（而且剛才的光……可以確定「巴羅爾之死眼」已經被解放！雖然似乎並沒有召喚本體，然而敵方肯定已經亮出王牌！無論如何人家都必須和這女孩拉開距離並召喚神槍……！）

被黑死病打倒的巨人也紛紛開始復活，明明現在就想立刻趕往現場，可是這女孩……！

「意識很不集中喔！兔子小姐！」

鈴丟出大量的小刀。

面對這已經不知道是第幾次的攻防，黑兔擺好架勢準備應對——然而這些小刀卻全都被如同蛇蠍般的劍光給一一打落。

「哇……！」

「怎麼會！」

鏘啦！現場響起金屬伸縮的聲音。介入兩人之間的人是那個戴著面具的騎士，斐思．雷斯。

她只回過頭來對黑兔說道：

「——我來支援了，請去阻止『巴羅爾之死眼』。」

「……非常感謝您的幫助！」

對了，還有這個人！黑兔抱著謝天謝地的心情脫離戰場。

看到黑兔正如脫兔般地狂奔而去，鈴雖然試圖追趕，然而斐思．雷斯卻擋在兩人中間。

鈴皺起眉頭瞪著斐思．雷斯。

「妳應該是『萬聖節女王』的寵臣吧？她命令妳打倒我們嗎？」

「不，那並不是我這次的目的，這純粹是基於友誼。」

鈴一瞬間眨了眨眼，似乎在懷疑自己的耳朵。

「友……友誼？身為『萬聖節女王』寵臣的人居然……？」

「是的，我的身分是被『Will o' wisp』邀請的客人，只是陪他們一起來而已。」

換句話說這次只是偶然碰上魔王。看到她光明正大地以欠缺抑揚頓挫的語調如此告知，讓鈴有點過意不去，也不知道該怎麼回應。

斐思·雷斯繼續保持著非常嚴肅的語氣，收起愛用的鞭劍。

「而且以我現在的武裝不可能打倒妳，所以希望這次能以彼此各退一步的形式來了結。」

「……咦？妳知道我在做什麼嗎？」

斐思·雷斯微微點頭。

「雖然我不知道這是基於何種概念的技巧……但可以推測出妳操縱的是物體和物體之間的概念性『距離』。」

斐思·雷斯淡淡回答，這次換成鈴大吃一驚。

她稚氣的雙眼瞪得老大，甚至連舉起的小刀都差點鬆手掉落。

「呃……那個……妳為什麼會知道？我哪裡失敗了嗎？」

「這並不是什麼大不了的事情。妳丟出去的小刀通過黑兔身邊後，立刻掉落到地面上。只是因為這樣很不自然……既然速度和飛行距離不成比例，那麼妳使用的戲法真相必定只能從時間操作或空間操作這二者中擇一。」

斐思．雷斯依舊以平淡沒有抑揚的語氣回應。

然而即使明白背後的手法也依然找不出方法對付。對鈴使出的攻擊恐怕不是「打不中」也不是「沒有效果」而是「碰不到」。

以某種角度來說，這恐怕是比「不死」更棘手的恩賜吧。這箱庭中有能夠殺死不死的武器，也有能貫穿奇蹟的武器，然而這些要是根本碰不到也沒有任何意義。

「在遠方地點紮營的巨人族突然出現這點也能夠基於相同能力得出說明；還有對應『模擬神格．金剛杵』、『軍神槍．金剛杵』閃電攻擊的方法亦是同理。所以能夠推測出，這一切全部都是靠著龐大的『距離障礙』來予以抑制。」

「…………」

「即使在我所知的恩賜之中，這也是出類拔萃的特殊恩賜。然而如果這是把和『馬克士威妖』或『拉普拉斯惡魔』同系統的學術性概念具體化的成果，也並非不可能之事。」

「……嗯，幾乎是正確答案了，愛講話的面具姊姊。」

鈴聳聳肩，露出帶著諷刺的笑容。

斐思．雷斯只挑起一邊眉毛，稍微歪了歪頭。

「那麼，妳打算怎麼辦？要跟我戰鬥嗎？」

「……不，雖然我對妳很有興趣，不過這次我選擇撤退。畢竟已經成功爭取到時間，而且

最重要的是，現在還不是可以和『萬聖節女王』為敵的時機。」

「賢明的判斷。畢竟不管怎麼說，這場遊戲很快就會分出勝負。」

——咦？鈴不解地側著腦袋。

斐思·雷斯凝視著被雷雲遮蔽的太陽。

「先前白夜叉已經把神格奉還給佛門了。」

「……妳騙人！」

「是事實，意思是她不會再做出和三年前相同的蠢事吧。如此一來，你們送去的魔王也只是風中殘燭，這場亂七八糟的騷動日後將由她親手拉下終場布幕。」

斐思·雷斯以沉穩的聲音如此宣布。

鈴面露苦澀神色抬頭望向天空，從戰場上消失。斐思·雷斯望著因為巨人族復活而顯得更加混沌的戰場，嘆了一口氣。

「現在也是我該退場的時候，後面就交給你了，傑克。」

低聲留下這句話後，斐思·雷斯也如同薄霧般脫離戰場。兩人原本所在的地點不久之後就被巨人族踐踏破壞，所有相關痕跡都和塵土一起消逝無蹤。

幕間其之八

——「Underwood」上空，三千公尺地點。

鋼鐵間的衝突激出火花，兩對羽翼高速飛翔。

這是魔王蕾蒂西亞和獅鷲獸的空中戰。就算獅鷲獸是空中之王，現在面對的敵人卻擁有神格。不但機動力方面處於劣勢，而且蕾蒂西亞擁有的恩賜還能不斷射出以龍影製造的無限武器。雖然靠著十六夜用三叉戟一一彈回攻擊所以尚能維持住戰局，然而目前戰況下，登陸卻成了極為困難的任務。

格利暫時下降拉開彼此距離，似乎很不甘心地瞪著蕾蒂西亞。

「可惡！那傢伙到底是什麼！根本找不出破綻搶登！」

「嗯。雖說離開城堡一定距離就不會追上來，不過那樣反而難對付。真沒想到所謂的戰略守勢會如此難對付。」

雖然他們接近又後退，還以左右旋迴來進行擾亂，但是蕾蒂西亞的影子卻毫不動搖。十六夜腦中浮現乾脆直接跳過去的想法，不過又因為風險實在太高只好作罷。

幕間其之八

「好啦，傷腦筋。現在真的快走投無路了。」

「喂！不要講得那麼開心，你這傻小子！」

格利開口斥責，十六夜只是聳了聳肩。然而僅限於這次，他真的也很困擾。

這也難怪，畢竟這是十六夜生平第一次的騎乘戰和空中戰，而且還得使用他不習慣的武器來應戰。

他在故鄉時雖然曾經為了手下留情而用過槍枝，不過劍或槍矛類的武器就沒有經驗。對於無論什麼情況都只憑一己之身挑戰至今的十六夜來說，這場空中戰從前提來看就已經處於壓倒性劣勢。

「……雖然只要能登陸後面就好辦了，不過現在只能繼續跟她耗下去。抱歉啦，你也得做好面對持久戰的心理準備。」

十六夜揮著三叉戟擺好架勢，格利也哼了一聲回應。

兩人原本想要再度挑起戰局，卻被源自下方的強烈光芒引開注意力而停下腳步。

這是連距離地面如此遙遠的上空也能照亮的強烈光芒。

格利的臉色瞬間發青。

「這是……『巴羅爾之威光』……？」

「……你肯定？」

「啊……嗯，這道光和十年前一樣。難道對方使用了『巴羅爾之死眼』嗎……？」

格利驚慌地表現出動搖反應。對於知道當時情況的牠來說，能喚來死亡的「巴羅爾之威光」本身就是恐懼的對象吧。

十六夜收起玩樂的表情，放開韁繩說道：

「……到此為止了。」

「怎麼辦？要去協助地上嗎？」

「不，你一個人去吧。至於我要來碰碰運氣，直接從這裡跳過去試試。」

十六夜在鞍上起身，抬頭望向吸血鬼的古城。

格利慌忙阻止他。

「等……等一下！你不是說那樣風險過高所以放棄了嗎？」

「也是啦，畢竟在空中會被狙擊，城堡周遭也不一定全無防備……不過現在沒有其他方法啦，只能放棄想無傷登陸的想法。」

「所以只要多花點時間……」

「我不是說沒時間了嗎？既然敵方已經投入『巴羅爾之死眼』，就表示他們計劃在休戰期間內一口氣分出勝負。這樣一來連在城內的春日部等人也很有可能會遇上危險。」

格利猛然一驚把話又吞了回去，這的確極有可能。

「所以我要闖入敵城，和春日部會合並確保他們的安全；把破解條件告訴春日部後，我再立刻回到地上。這是最好的順序。」

幕間其之八

「可是萬一你受了重傷，不就一切白搭了嗎？」

「不會啦，只要腦袋手腳都還在就算賺到了，之後只要好好吃好好睡很快就能治好。」

十六夜哇哈哈笑了，蹲低姿勢。是想要盡量提昇速度吧。

全身都鼓起力量之後，十六夜以稍微嚴肅的語氣開口說道：

「……下面的人就拜託你了。小不點少爺雖然說可以交給他，但還是個不成熟的傢伙。在我趕回去之前多幫他一下吧。」

「——嗚……」

聽到這句話，格利才總算理解十六夜原本打著什麼主意。

這個人從一開始……就打算靠自己來解決一切。

救出被囚禁的同志，解開艱澀的謎題，消滅敵方主謀，戰勝魔王。

要憑一己之身，來完成這一切。如果是其他人講出這種話大概只會讓人嘲笑……然而如果是這個人，或許真的能夠辦到。

正因為看出這種希望——才讓格利鞏固了決心。

「……這樣不行。」

「什麼？」

「那少年不是說過『請交給他』嗎？而你應該也答應要交給他了，結果卻又送出援軍，這只能說是對同志決心的背叛行為。」

「噢噢，不是，我並不是那種意思……」

「我也一樣。我應該說過，在這場戰爭中我會成為你的雙腳、你的羽翼吧？所以既然要賭命——那麼首先必須由我開始！」

格利只說完這些，就發出尖銳的吼叫聲。

牠高高舉起鷲頭，扭動獅子身體，掀起連周遭大氣彷彿都會被一起帶動的旋風，對古城發動突擊。

站在鞍上的十六夜趕緊抓住轡繩和三叉戟。

「喂……你……！」

「來了！快準備，十六夜！」

獅鷲獸用四肢踏著空氣，全力往前奔馳。

蕾蒂西亞的影子依然面無表情，甩著耀眼金髮和外套迎擊。

龍的「遺影」宛如豪雨般，從四面八方襲擊獅鷲獸。這次的數量跟先前根本天差地別。在這種就連十六夜也不知是否能勉強全數擊落敵方攻勢的生死攻防中，獅鷲獸只埋頭直直朝向敵城衝刺。

「嗚喔喔喔喔喔喔喔喔喔！」

到敵城為止，只剩下一百公尺。以獅鷲獸的速度來說，這是剎那之間就能到達的距離，然而小數點以下的攻防卻異常漫長。十六夜也不發一語，只是專注地把侵襲而來的黑色豪雨一一

打落。

猛攻之後還是猛攻，然而格利卻完全沒有停下腳步。

兩人來到幾乎可以碰到敵城斷崖的距離——這時，影子咬中並撕裂了牠的翅膀。

「嗚啊……！」

「格利！」

影子從黑槍變化成利牙，扯斷並吞食格利的鷲翼。

和獅子相同的背部噴出紅色鮮血，宛如遭火灼燒般的激痛襲擊翅膀底端。失去象徵獅鷲獸榮耀的鷲翼——即使遭受這種屈辱，格利依然踩著空氣前進。

牠用前腳的鉤爪抓住風，用獅子的後腳踢著大氣。

兩人連翻帶滾地摔向圍著附屬城區的最邊緣城牆邊。十六夜抬起頭，立刻踢爛關閉的外門，扛著格利進入附屬城區。

「這笨蛋……！我不是一開始就說過要是腦袋手腳都還在就算賺到了嗎！」

「……別在意……我的翅膀和你的手腳代表的希望不同。哪一邊拯救『Underwood』的可能性較高根本是顯而易見。」

為了「Underwood」，這是很便宜的代價。冒著冷汗的格利依然笑著這麼說。

十六夜狠狠咂舌，脫下學生制服用來止血。雖然原先就因為扯下一邊袖子而成了無用之物，但現在變得如此破破爛爛，恐怕以後再也沒辦法穿上了吧。

十六夜似乎很不高興地連連咂舌：
「可惡！這可是我只有一件的代表服裝，你要怎麼賠我。」
「那還真是抱歉……」
格利喘著氣露出苦笑。十六夜止血之後透過廢墟縫隙觀察外部，空中果然可以看到蕾蒂西亞的影子若隱若現。
「……她追來了。」
「是嗎……我先躲起來，你去找耀……」
「不，預定變更了……因為某個傻瓜，現在我有理由打倒她了。」
「什麼？」格利回問。
十六夜沒有回答，雙眼浮現出銳利怒氣並走出廢墟。
瞬間跳離廢墟的十六夜站在外牆上，低頭看著腳下的附屬城區。
（……這就叫做「諸兵一枕夢黃粱」嗎？不過既然是空中的古城，真希望是那種豐富綠意環繞著古代文明的地方呢，如此荒涼的景象，根本不見絲毫浪漫情緒。）
十六夜不滿地哼了一聲。難得他的評價如此辛辣，但也無可奈何，畢竟他現在的心情糟到極點，而且是未曾有過的超低氣壓。
十六夜活了十七年，從不記得自己曾經在性命方面對哪個人有所虧欠，甚至應該連金絲雀都不例外。

幕間其之八

結果才來箱庭沒多久，就狠狠地欠下了一筆，真是嚴重破費。

十六夜高舉起經歷過多次攻防，早已經殘破不堪的三叉戟。

「我可要讓妳乖乖付出利息……妳這個蕾蒂西亞的假貨！」

他用凌駕第三宇宙速度的這一槍來代替宣戰布告。

突然受到攻擊的蕾蒂西亞睜大眼睛轉動身子，勉強避開了這一槍。然而十六夜卻踢飛外牆碎片繼續發動追擊。

這並非子彈那種沒什麼大不了的東西，每一塊每一塊都保持著炸彈般的破壞力和速度。判斷實在無法承受的蕾蒂西亞把外套裹在身上形成一道影子屏障，躲藏於其中。十六夜踢出去的爆擊雖然在撞擊時產生了驚人聲響，然而蕾蒂西亞並沒有受傷。

十六夜並不在意這種事情。

只要能成功擾亂她的視線一瞬，就是很好的成果。十六夜握緊右拳，直接衝向蕾蒂西亞。

依然用影子屏障保護自身的蕾蒂西亞準備了幾百把黑槍並瞄準十六夜。意思是無論看得到還是看不到，只要攻擊所有方位就沒問題吧。

即使在同時射擊中找不出破綻，十六夜依舊舉起拳頭衝向蕾蒂西亞身前。

他的眼中完全沒有恐懼，「撤退」這種念頭打從一開始就不存在於他的腦中。這種不符合十六夜風格的捨身突擊完全不把幾百把黑槍形成的暴雨當成一回事，即使鮮血四散依然打碎了影子形成的屏障。

從廢墟縫隙偶然抬頭的格利感嘆般地低吼著：

「這……怎麼可能……！」

見識到十六夜的連續猛攻後，格利才實際體認他先前的發言並非只是輸不起。宣稱「只要能登陸後面就好辦了」的他目前正如發言所示，徹底壓制住蕾蒂西亞。

十六夜從影子屏障裡拖出蕾蒂西亞，抓住她的胸口丟向附屬城區。全身遭受嚴重撞擊的蕾蒂西亞微微抽動了幾下，再也無法行動。

十六夜整個人跨坐在影子上方，眼中浮現讓蕾蒂西亞不由得瞠目結舌的兇猛神色——

「逮到妳了……！結束了，蕾蒂西亞的假貨！」

接著揮拳一陣亂打。

就像是要報復先前的攻擊，十六夜揮拳揮拳再揮拳，甚至從髮尾前端的灰塵角落那樣細微的空間都不放過。這專心一意的揮拳攻擊甚至讓人擔心是不是會造成整個古城崩塌。

表現出他只要受到一擊就會報復一百倍的身影，以讓人不禁聯想到鬼神或羅剎般的兇暴態度來打碎蕾蒂西亞的全身。

——開戰之後才短短一分，外型是蕾蒂西亞的影子已經灰飛煙滅，不留半點痕跡。

十六夜在自己製造出的巨大隕石坑中心起身，砰砰地拍掉灰塵。

幕間其之八

「……就算擁有神格也不是本人，所以只有這點程度吧。」

「————」

格利已經驚訝得連嘴巴都合不攏。要不是背後陣陣發疼，他恐怕已經茫然自失到整個人都傻了。

十六夜回到廢墟後，格利尷尬地開口發問：

「……我該不會做了多餘的事情？」

「嗯？」

「不，老實說……我太小看你了。沒想到你居然可以一鼓作氣地擊倒對方……」

噢，原來是這麼一回事。十六夜有點彆扭地以手叉腰。

「也沒有，剛才我並沒有說謊。要是我一個人突擊，被擊落的可能性較高，也說不定會真的失去手腳。所以……那個，該怎麼說呢？老實講真的幫了我一個大忙，謝謝你，格利。」

十六夜擦掉額頭上的鮮血，客氣地道謝。

「我一定會補償。不過首先要幫你好好止血，再來去找春日部他們。」

「我知道了……唔？」

咚！這時突然有個聲響。十六夜與格利詫異地望向廢墟的入口。

只見那邊有個提著燈籠的人偶，正浮在半空中躲在柱子後方窺視他們。

＊

——吸血鬼的古城，黃道之王座。

「啊……嗯……啊啊……！」

蕾蒂西亞的身體劇烈跳動，她恢復了意識。全身都冒汗發燙，肌膚也微微泛紅。身體還產生嚴重的疲勞感。

她左右甩著耀眼的金髮，以朦朧的意識觀察四周。

「呼……呼……這裡是……？」

沒有照明的房間裡有點陰暗，石造建築的獨特氣味刺激著蕾蒂西亞的鼻腔。充滿了某種懷念氣息的空間，看來這是自己熟悉的地方。

觀察環境一圈之後，蕾蒂西亞注意到頭上鋪設著的閃亮水晶，總算領悟自己身在何方。

「黃……黃道之王座……？我為什麼在這裡——」

「啊，蕾蒂西亞妳醒了？」

蕾蒂西亞一驚，趕緊看向周遭。只見耀、傑克，還有嘎羅羅大老都在眼前。

「耀……傑克……！咦……連嘎羅羅也……」

「嗯，真讓人懷念呀，蕾蒂西亞。我們大概二十年沒見了吧？」

嘎羅羅咧嘴一笑，露出似乎很健康的牙齒。蕾蒂西亞並不明白為什麼嘎羅羅會在這裡，但注意到綁在王座上的鎖鏈後，總算把握到自己的狀況。

「是嗎……我再度成了魔王嗎……」

蕾蒂西亞以憂鬱的表情低聲說道，先前侵襲身體的衝擊也因此得到了解答。

（先前的衝擊……意思是有人打倒了我的影子嗎？）

不過到底是誰——雖然腦中瞬間產生這種疑問，不過蕾蒂西亞立刻找出解答。或者該說只有那個人能辦到吧？蕾蒂西亞做出結論後不由得輕輕笑了，明明現在面對這種情況。

「不過我真的嚇了一跳。因為那時金絲雀大姐頭有說『我打倒「魔王德古拉」了！』，所以我一直以為她已經讓妳成為隸屬……」

嘎羅羅吞吞吐吐地不再說話，蕾蒂西亞也換上憂鬱的表情低下頭。

嘎羅羅之所以能對吸血鬼的背景如此清楚的原因無他，正是因為那些情報的來源是蕾蒂西亞本人和先前的救出者，金絲雀。

蕾蒂西亞在王座上動了動，抬頭望向天花板。

「那時發生了各式各樣的事情。金絲雀並非破解了遊戲，而是藉由達成『讓遊戲無限期中斷的條件』，把我和遊戲切割開來。」

「原來是那樣……那，金絲雀大姐頭呢？也是在三年前就下落不明？」

「啊……嗯。不過你也知道，那傢伙不管去到哪裡，應該都過著快樂的人生吧。」

這也對啦！嘎羅羅笑得快活。

看到嘎羅羅的笑臉，蕾蒂西亞的臉色變得更加憂鬱。

「對……對了，嘎羅羅，你在這裡做什麼……？」

「那當然是來破解妳的遊戲呀。是吧，耀小姑娘？」

聽到嘎羅羅的呼喚，正在探查王座周圍的耀抬起頭。

「嗯，不過我只有解開第三勝利條件而已。」

耀只回答這麼一句話，就又繼續檢查王座周遭。或許是地板已經調查過了吧？接下來她開始仔細探查石室的牆壁。不久之後，響起了按下什麼凹洞的聲音。

「有了……！傑克，這方位是？」

「呃，我想那裡是處女宮的方位。」

「謝謝。那麼在這裡放置處女宮的碎片，然後只要以這邊為基準來區分十二等分……」

喀噠！響起東西卡進凹洞的聲音。不知道自己的居城居然有這種機關的蕾蒂西亞不由得瞪大雙眼吃了一驚。

「耀……那不是放在我們神殿裡的東西嗎？妳到底在做什麼……？」

「……？蕾蒂西亞妳不是知道遊戲的內容嗎？」

耀楞楞地回望著蕾蒂西亞。

蕾蒂西亞的心臟不由自主地用力跳了一下，不過這也沒什麼好隱瞞。

「其實這個遊戲是交給別人製作的東西，和『主辦者權限』本來的遊戲內容有著很大的差異。」

「是這樣嗎？那果然這房間的機關和遊戲無關呢……」

耀這麼說完，再塞進另一個碎片。接著她停下動作，回過頭來看向蕾蒂西亞。

「蕾蒂西亞，這個飛空城原本是不是衛星——不對，應該說是不是沿著世界周遭一直轉圈的城堡？」

這唐突的質問讓蕾蒂西亞驚訝得倒吸了一口氣。

「嗯，是呀。我等吸血鬼是為了避免世界的演化樹失去秩序而進行監視的種族，吸血行為造成的種族變化也是這點留下的影響。」

「是嗎？那就是監視衛星了……嗯，這點我倒是沒想到。」

喀噠！第三個碎片嵌入的聲音響起。

「我正在裝設的東西，應該是為了讓吸血鬼的城堡沿著正確軌道飛行的物品，也是『被打碎的星空』的第二個解答……這些『渾天儀』的碎片。」

蕾蒂西亞又吸了口氣，這時響起第四個碎片放妥的聲音。

——「SUN SYNCHRONOUS ORBIT in VAMPIRE KING」的第三勝利條件。

首先「SUN SYNCHRONOUS ORBIT」要變換成「太陽同步軌道」這個名詞。

從這個名詞進行聯想，「獸帶」解釋成「Zodiac（黃道帶）」。再從這個關鍵字聯想到的是「被打碎的星空」的第一個解釋，也就是「黃道十二宮」和天體分割法。

不過光是這樣，只會得出「奉獻黃道十二宮」這種莫名其妙的句子。

既然「奉獻『被打碎的星空』」是勝利的條件，那麼「被打碎的星空」就必須是在暗喻某種可以奉獻且具備明確實體的物品。

耀塞進第十個碎片，有點得意地挺起小小胸膛說道：

「接下來就是『The PIED PIPER of HAMELIN』的應用了。就像『虛偽的傳承』和『真實的傳承』是可以『打破、樹立』的物體，這個『被打碎的星空』應該也是能夠『打碎、奉獻』而且還畫有星空的東西……換句話說，最後會得出『渾天儀』這個解答。」

「什……什麼……！」

蕾蒂西亞發出真心的感嘆。她應該沒有預料到，直到遊戲開始前都還那麼苦惱的耀居然能攻略自己舉辦的恩賜遊戲吧。

「真了不起……！令我刮目相看，耀！不，吾主！」

「那……那種稱呼有點丟臉，所以拜託妳別再那樣叫了……而且多虧了嘎羅羅先生、傑克還有其他人都願意幫忙，我才能夠解開遊戲謎題。而且最大的原因，是因為我曾經看過十六夜破解『The PIED PIPER of HAMELIN』的情形。」

「這有什麼好謙虛！從同志的戰果中學習並創造出自己的戰果！這才是共同體中最理想的切戳琢磨呀！」

蕾蒂西亞很難得地以熱烈語氣來大肆稱讚耀。

身上總帶著點寂寞陰影的耀居然會和其他人合作攻略遊戲，而且還說這是同志十六夜的功勞。

作為共同體中的年長者，沒有比這個更讓人感到喜悅的現象。

（還以為他們一直都是些問題兒童……原來大家都有在成長……）

蕾蒂西亞安心般地凝視著耀，彷彿放下肩上重擔般地往後癱坐在王座中。從第一次見面時她的審美眼光就沒有錯，這三人的確是可以安心託付共同體的對象。蕾蒂西亞仰著頭放心地吐了口氣。

耀似乎很難為情地搔了搔頭，拿起第十二個碎片。

「這就是最後的碎片。」

「呀呵呵！這下遊戲馬上就會破解！」

耀也點點頭，把碎片嵌入牆壁上的機關裡。從內部傳來好像有什麼東西移動的「喀噠！」聲音——

「…………」

「…………」

「…………？」

可是，什麼都沒發生。

「……………………………………………………………………咦？」

耀感覺到臉上的血液似乎一下子全流光了。難道自己得意解釋的答案是錯的？再怎麼說她也不願意去思考這個可能性。一行人望著彼此，紛紛不解地歪著腦袋。這時蕾蒂西亞突然——

「……開始了。」

「咦？」

「遊戲再度開始了！快點趁我還能壓制住巨龍的期間，完成勝利條件！要不然我就會……把『Underwood』……！」

「——GYEEEEEEEEEYAAAAAAAAAAAAAAAAAAAAAAAaaaaaaaaaaaaaaaaaaaaaEEEEEEEEEEEEYYAAAAAAAAAAAAAAAAAAAAAAAAAAAAAAAAAAAAAaaaaaaaaa！」

巨龍的震耳咆哮在古城內響起，雷雲的閃電也照亮室內。

數天前差點毀滅「Underwood」的巨龍再度出現。

在迴廊上等待的桐乃滿臉驚懼地喘著氣衝入御座廳。

「各……各位！剛才的咆哮聲該不會是……？」

「遊戲真的再度開始了嗎？」

「為什麼？休戰期間還沒結束，主辦者應該不可以——」

講到這邊，耀突然停住。其他人也像是終於想通般地屏住呼吸。

「……該不會……是因為我想要破解遊戲……所以休戰期間才會強制結束……？都是因為我弄錯了，巨龍才會……？」

「不是！耀妳並沒有弄錯！正因為是正確答案，所以遊戲才會再度開始！」

咦？耀看向蕾蒂西亞。她也同樣陷入動搖，不過眼中還保留著冷靜的色彩。蕾蒂西亞以像是要讓耀恢復鎮定的語氣開口說道：

「妳聽好了，耀。妳的推論沒有錯，所以遊戲才會再度開始……妳明白嗎？正因為遊戲已經快要被破解了，所以休戰期間才會結束。」

「……？咦？什麼意思……？」

「換句話說，還缺了什麼。還缺少能夠湊出完美解答的某種要素。」

蕾蒂西亞極為冷靜地告訴耀只差一步。耀也明白現在不是感到洩氣的時候，用力拍打自己臉頰重新振作起精神。

「……嘎羅羅先生，請讓我看一下『契約文件』。說不定我漏掉了什麼。」

「好。」

回答很簡短。嘎羅羅立刻從懷中拿出羊皮紙。

耀再度確認第三、第四勝利條件的內容。

「恩賜遊戲名『SUN SYNCHRONOUS ORBIT in VAMPIRE KING』

・參賽者方勝利條件：

三、收集被打碎的星空，將獸帶奉獻給王座吧。

四、遵循以正確形式回歸王座的獸帶之引導，射穿被鐵鍊綁住之革命主導者的心臟。」

「……看懂了嗎？」

「…………」

不懂。耀在內心默默說道，然而她不能把這句話說出口。

城外響起巨龍怒吼和轟隆雷鳴，讓整個城堡都隨之震動。就算蕾蒂西亞說她會抑制住巨龍，不過肯定不消多久巨龍就會襲擊地面。一分也好一秒也罷，耀都必須儘快找出解答。嘎羅羅伸手使勁握住耀的肩膀，開口激勵她：

「沒問題，只要冷靜下來一定能解開。小姑娘妳有理解遊戲的才能，我敢保證，所以妳千萬別放棄……！」

「……嗚……」

耀用著簡直會讓臼齒彼此磨損的力道狠狠咬牙。要是再這樣下去，說不定會因為自己的過失導致地上的朋友們遭遇危險。

擔憂、緊張、以及責任感帶給耀沉重的壓力。

等她回神時，才發現自己的手中滿是汗水而且開始顫抖。

（——……我看不懂……！）

到底哪裡弄錯了？「獸帶」和「被打碎的星空」以及要「奉獻」這些的解釋。

到這邊為止全都正確嗎？還是有一部分錯誤呢？如果只有一部分弄錯了就代表所有的聯想都會瓦解所以換句話說全部都是正確的可是還有什麼，到底是還缺了什麼？要是不趕快找出來大家都會有危險啊……！

「冷靜下來！春日部耀！妳這樣……妳這樣還算是春日部孝明的女兒嗎！」

「——……咦？」

——一瞬。

耀的腦中一片空白。

她真的把遊戲解讀、現狀，以及巨龍全都忘光，腦中是完全的空白。

「……嘎羅羅先生……？」

「我對妳的父親很熟悉，而且不只是我……對吧，蕾蒂西亞？」

嘎羅羅回身望向蕾蒂西亞。

她卻對照地露出了彷彿受到嚴重衝擊的表情。

「孔……孔明……？那個春日部『孝明』……就是那個……孔明嗎……？」（※註：日文中「孝明」和「孔明」同音。）

「……是嗎？蕾蒂西亞妳只知道他當雕刻家時使用的名字。」

嘎羅羅似乎很辛酸的凝視著耀的眼睛，抓住她的肩膀懇切傾訴：

「耀小姑娘，妳父親是個很了不起的人。孔明那傢伙曾經多次幫助我，也曾經多次救過我的性命。而且不只是我，就連十年前拯救『Underwood』不受魔王摧殘的人，也正是妳的父親。」

「……你騙我……」

「我沒有騙你！要是懷疑，妳可以盡量去研究我家裡的肖像畫！妳父親是個不拘小節又喜歡穿得破破爛爛的雕刻家，沉默寡言又正直純樸，要是碰上尷尬的事情講話就會特別小聲，還是個擁有簡直讓人羨慕的體格和端正五官的帥哥……！」

嘎羅羅的語氣中包含著對友人的形形色色情感。

「最重要的是……他是能為同伴發揮力量的了不起男人！」

——「妳要重視自己的朋友。」父親講過的這句話從耀的腦中一閃而過。

「身為他女兒的妳，怎麼可能無法破解這種差勁的遊戲！妳一定可以解開謎題拯救大家！

幕間其之八

要有自信，春日部耀……！」

嘎羅羅搖著耀的肩膀大聲主張。在他全心全意的激勵之下，耀用力吸了一口氣。

——在春日部耀的故鄉，沒有任何人在提到父親時會如此熱情。所以耀想請教嘎羅羅的事情多得堆積如山。

關於父親，耀有很多問題，也有很多想說的話，更有很多想誇耀的事蹟。

不過如果想要將父親引以為傲——想要幫助同伴，自己就不能在這種遊戲上遭受挫折。

耀抬頭望向天空，接著再次閱讀起「契約文件」。

「恩賜遊戲名『SUN SYNCHRONOUS ORBIT in VAMPIRE KING』

・參賽者方勝利條件：

三、收集被打碎的星空，將獸帶奉獻給王座吧。

四、遵循以正確形式回歸王座的獸帶之引導，射穿被鐵鍊綁住之革命主導者的心臟。」

「……如何？」

耀精神非常集中，連嘎羅羅的問話都沒聽進耳裡。

她把字面上的每一字每一句都在腦中千百次反覆咀嚼消化。

把文字排列組合，轉換思考角度，串連起各自的意義並找出正確的——

「————————————————正確形式的……獸帶？」

「什麼？」

「正確的……獸帶…………沒錯！就是『正確的Zodiac』！」

耀突然站了起來。

「『正確形式』的意思就是『原本有錯』……！如果這也是和第三勝利條件有關連的文字……『Zodiac』或是『黃道十二宮』……不，說不定天體分割法本身就有錯誤……！」

耀把「渾天儀的碎片」從牆中取出，確認十二宮星座的缺口是不是全都可以相連。按照牡羊、金牛、雙子、巨蟹、獅子、處女、天秤、天蠍……等順序排列之後——

「怎……怎麼樣，耀小姑娘？」

「……果然，天蠍座和射手座無法相連！位於太陽軌道線上的星座，並不是十二個，而是十三個才對……！」

以十二星座來劃分黃道帶的分割法是遠古時代建立起的概念。如果這個古城是作為衛星運行，吸血鬼們學習的天文學必定更為近代而且更為精密。

蕾蒂西亞聽到耀的解答後用力吸了口氣。

幕間其之八

（難道……「第十三顆太陽」就是指這件事嗎……？）

耀收集桐乃帶來的其餘碎片，立刻試著拼湊。然而這裡面並沒有可以串連起兩個星座的碎片，想要的碎片還未被找到。

耀起身，對著所有人做出指示。

「大家！請立刻去尋找天蠍座和射手座中間的星座！如果整個附屬城區直接等於是渾天儀，那麼兩區的中間地點應該可以找到最後的星座——！」

「——到此為止了，小丫頭！」

就像是要打擊剛鼓起鬥志的耀等人，敵人撞破了御座廳的窗戶。

在旁邊的傑克立刻備戰，取出燈籠放出地獄烈焰。

「我太大意了……！春日部小姐！快退下！」

居然讓對方如此接近，傑克一邊感到不甘心，同時從三個燈籠中召喚出地獄烈焰。雖然這是最後的庫存，不過傑克瞬間察覺出敵方的強大，讓所有的地獄烈焰都襲向對方。

「一點都不熱！你這不入流的惡魔！」

然而敵人卻只用一個動作就把地獄烈焰全數掃開，發出兇猛的咆哮聲。

「什……什麼！」

傑克發出非常訝異的聲音。敵人伸出巨大的手臂用鉤爪一把抓住南瓜頭，把他甩向通往迴廊的樓梯。

「傑……傑克先生他……！」

「桐乃！不行！快逃！」

耀冒著冷汗大叫。

似乎因為腿軟而整個人癱倒在門前的桐乃近距離目擊到敵人的身影，發著抖喃喃說道：

「黑……黑色的……獅鷲獸……？」

一臉蒼白，額頭上冒著冷汗的桐乃抬頭望著的對象，正是一隻全身漆黑的鷲獅子。

這隻獅鷲獸無論是鷲頭還是獅子軀體，全都呈現黑色。然而比起其他地方，最讓人印象強烈的是聳立於頭上的巨大龍角，以及銘刻於胸前的「生命目錄」。

一臉慘白的嘎羅羅瞪著眼前的敵人。

「格……格萊亞……原來你還活著……？」

「好久不見了，嘎羅羅！自從繼承式上一別後就未曾再相見……不過我現在沒空理你！」

格萊亞怒吼並拍動黑色羽翼。嘎羅羅被突然掀起的旋風捲起，轉眼間就撞上牆壁，毫無抵抗力地癱倒在地。

「嗚……喔……！」

「看在過去的交情上，我最後再殺你。現在要以主人的命令為優先！」

黑色獅鷲獸並未繼續理會嘎羅羅，反而愉悅地看著春日部耀。

「真讓人高興啊！孔明的女兒！沒想到最後找出解答的人真的是妳……！這下我也必須感

謝星星運行的安排！」

「……什……什麼……？」

「我的名字是格萊亞．格萊夫！妳擁有曾擊敗我兄長德拉科．格萊夫的血統！為了血親的榮譽，現在就來再次一決勝負吧——！」

黑色獅鷲獸發出氣勢磅礡的怒吼聲，對耀發動襲擊。勉強避開的耀對著其他成員大叫：

「這個人的目標是我！大家快去找出第十三個星座！」

「可……可是耀小姑娘……！」

「快去！」

耀大吼著要求眾人快走。接著她察覺待在室內對自己不利，因此捲起旋風飛向室外。然而格萊亞卻像是要追擊般地不斷發動突擊。

獅鷲獸的旋風和龍角的火焰，雙方相互作用後形成的力量漩渦喚來了火焰風暴，把耀打上遙遠高空。

雖然耀已經做好應戰準備，依舊瞬間了解到彼此的實力差距。

（好……好強！）

恐怕比她至今交手過的任何人都強。

在這種預感和恐懼之中，春日部耀的最後一戰拉開序幕。

「SUN SYNCHRONOUS ORBIT in VAMPIRE KING」的最後階段也正式開始上演。

第二章

——「Underwood」東南方平原。

原野陷入了嚴重的混亂。由於珮絲特的黑死病詛咒被解除，巨人族紛紛復活並包圍住深入敵陣的飛鳥、莎拉、以及「龍角鷲獅子」聯盟眾人。

莎拉開口喝斥因為被敵方團團包圍而士氣低落的聯盟同志。

「別害怕！就算巨人族從黑死病中復活，狀態也絕非完美！只要成功打倒這個魔女，就是我等的勝利！無論如何都要死守陣型！」

她以堅毅的叫聲鼓舞眾人。既然已經來到敵陣的中央，就無法退回「Underwood」。為了取勝，他們唯一剩下的方法就是要打倒敵方的主力奧拉。

「必須在『Underwood』遭受巨人們摧殘前打倒她！上吧！」

喊殺聲響起，聯盟的同志們一起對巨人族發動攻擊。

莎拉站到奧拉正面，以眼神向飛鳥和珮絲特示意。

「拜託了，請借我打倒這傢伙的力量。」

「這話已經慢了非常多拍了，我一開始就打算那樣做。」

「話雖如此，沒有勝算的話根本是白費力氣喔。面對連我的力量也沒有效果的敵人，妳打算如何打倒對方？」

珮絲特以充滿諷刺的語氣開口反問，這聲調聽起來也帶著點遷怒的味道。

然而在飛鳥回答之前，仁搶先一步對著珮絲特的腦中開口：

（珮絲特，妳能夠接觸「巴羅爾之死眼」嗎？）

（……你說什麼？）

這個質問說是作戰也未免過於唐突，不過珮絲特還是很講規矩地進行確認。

只見奧拉站在儀式場的中心，手上依然拿著「巴羅爾之死眼」，身邊環繞著混濁昏暗的黑暗光芒。珮絲特凝神注視著這不同於黑死病的詛咒漩渦，以厭惡表情搖了搖頭。

（……不可能，那簡直是叫我把手伸進毒沼澤裡。）

（就算是妳也辦不到？）

（所以我說不可能呀。雖然我剛剛用毒沼澤來形容，不過那東西在本質上等同於我神靈化後使出的死亡之風。只要一碰到就會承受死亡恩惠，然後節哀順變。）

（……是嗎？）

（而且追根究柢來說，就算我去碰也不能怎麼樣吧?你打算讓我做什麼？）

珮絲特訝異地反問。仁暫時保持沉默，想是在反芻什麼似地思考了好一陣子，才唐突地低聲說道：

（——說不定是一樣的東西。）

（啊？）

（說不定妳和「巴羅爾之死眼」在本質上是完全相同的東西。）

這出乎意料的超級概念讓珮絲特也不得不懷疑起自己的耳朵，她瞪大眼睛回問：

（……你意思是雙方並不是同系統，而是相同性質的相同能力？）

（嗯。魔王巴羅爾基本上也是人類，只是範疇上屬於巨人族而已。再加上凱爾特神話群中有記載他的「死眼」是後天性的產物。這點顯示出神性賦予發生於他存活的期間，同時也可以推測出他是恐怖與信仰的對象。也就是當時建構起的黑死病支配體系，以及前述體制所引發的死亡與敬畏之象徵。我推測當這些增強時出現的死眼就是「巴羅爾之死眼」。所以很有可能這東西和神靈化的妳……「黑死斑死神」是性質幾近相同的神靈。）

聽完仁的推理，珮絲特很意外地皺著眉點了點頭。

（……是嗎？那麼你希望我對「巴羅爾之死眼」做什麼？）

（妳擁有對「巴羅爾之死眼」的最佳適應性，那麼應該可以奪取敵方正在操縱的死眼。）

（……你還真敢提這種亂七八糟的要求。）

（嗯……所以我不勉強妳。不過如果妳願意做，先把剛才這段話告訴飛鳥小姐，她應該會助妳一臂之力。）

（是嗎?等我有興趣吧。）

腦內的對話到此結束，珮絲特睜開眼睛看了飛鳥一眼。

突然被瞪讓飛鳥很是驚訝，不過她仍然歪著頭反問：

「怎麼?妳想到了好點子?」

「嗯，不過算是要小小賭一把……跟嗎?」

珮絲特以悠哉笑容發問，飛鳥激動地點了點頭，彷彿在表示何必多問。

「現在已經不該試圖有所保留了吧?如果有方法就快點告訴我。」

「……不是什麼困難的事情，只要讓妳的迪恩往前衝刺，幫我闢出一條通往『巴羅爾之死眼』的道路，我會跟在妳後面從敵人手上奪走死眼。」

妳看，很簡單吧?珮絲特笑著說道。

飛鳥立刻換上嚴峻的表情，瞪著死亡之光翻騰旋轉形成漩渦的儀式場。

「……妳意思是叫我衝進那裡面?」

「對。那個在本質上是和我的死之風相同的東西，所以這個鋼鐵人偶不會受到影響……不過倒是無法保證奧拉會乖乖旁觀。妳打算怎麼辦?」

「……我願意，已經沒有時間猶豫了。」

飛鳥回頭看向背後。解除黑死病詛咒的巨人族們大舉湧向「Underwood」，開始破壞城鎮。

事態已經刻不容緩。

珮絲特悠然地望著這樣的飛鳥，輕輕微笑。

「是嗎，既然紅衣人願意賭，那我也跟著賭吧。啊，火龍妳可以退一邊去。」

「可……可是……」

「沒關係，莎拉妳去負責指揮大家吧。」

飛鳥講完立刻開始行動。她從迪恩肩上下來，握住它的手。

「……對不起，迪恩。每次都讓你負責辛苦的任務，不過這是只有你能辦到的任務。」

「DeN。」

迪恩動著只有一個眼睛的頭部，簡短回應。無論飛鳥提出多麼不合理的要求，這個紅色鋼鐵人偶一直都像這樣乾脆首肯。

雖然無法對話，飛鳥卻覺得迪恩比任何人都可靠。

珮絲特退開一步，讓出通往奧拉的路線。

「只要一瞬間就夠了，闢出一條能讓我伸手碰到『巴羅爾之死眼』的路吧。」

「我知道了——突破吧！迪恩！」

「DEEEEeeeEEEEEN！」

迪恩發出怒吼，對黑色光芒翻騰旋轉的池沼發動突擊。站在內部的奧拉發出尖銳笑聲像是在嘲笑飛鳥他們自作聰明，並斷定這個英勇身姿只是愚蠢的行為。

「我還以為你們要做什麼，結果居然是倚靠蠻力的突擊！是不是終於自暴自棄了呀，『黑死斑神子』？」

「這個嘛，等妳看過結果再說吧。」

珮絲特以從容微笑回應奧拉的嘲笑。

正如她所說，奧拉的餘裕立刻消失。

發動突擊的迪恩以鋼鐵身軀在漩渦中持續前進。過去和珮絲特的戰鬥，已經證明死亡恩惠對以神珍鐵製成還能永久驅動的它並無效果。

所以，奧拉也早已預測到這種情形。

「哼哼，居然以為這種老套手法也能有用……我可沒有那麼容易對付！」

她拿出「黃金豎琴」，讓雷雲擊下大量的閃電。雖然命中率絕對不能算是精準，但依然擊中了幾次。即使被從天上降下的閃電之槍數次貫穿，迪恩依然發出怒吼繼續前進。

「DEEEEEeeeEEEEEN！」

藉由天候操縱來擊出的閃電在紅色身軀上四處竄流，讓迪恩的周圍像是發生爆炸那般揚起陣陣煙塵。看到即使緩慢但仍然以雙手撥開死亡漩渦往前進的鋼鐵人偶，奧拉忍不住狠狠咂舌。

「可惡，真是煩人……！那麼我就先從擁有者下手！」

奧拉讓形成黑色漩渦的「巴羅爾之威光」的一部分在掌中集中。預料外的發展讓珮絲特焦急大叫：

「糟了……！飛鳥，快躲起來——！」

「——嗚……！」

珮絲特大叫時已經太遲了。

奧拉把聚集於掌中的一束黑光朝著飛鳥胸口照射。感覺到危機的飛鳥反射性地舉起右手，對著那道光——

＊

「……咦？」

黑兔本來為了幫助飛鳥而衝了過來，卻因為目睹眼前光景而停下腳步。同樣打算往前衝的莎拉、珮絲特，甚至敵方的奧拉都被飛鳥右手放出的火焰吸引住視線。

「……這是……什麼……？」

連飛鳥本人也因為面前的現象而啞口無言。

——沒錯，這並不是比喻。

飛鳥用右手放出的火焰，燒掉了黑色光線——

「怎……怎麼可能！一個人類……………區區人類居然能中和神靈的神技……！」

奧拉的狼狽反應，只能說是超乎尋常。

飛鳥只是在死亡威光逼近自己的那一瞬間講出了「燒吧！」這句話，光是這樣做，她就擋下了註定毀滅的光。正因為奧拉是知曉世界之理的魔法師，所以更清楚那是多麼不可能的情況。畢竟連很熟悉飛鳥恩賜的黑兔都花了好一段時間，才總算理解眼前的光景。

（該不會……飛鳥小姐的恩賜「威光」……其實是指包含了「蛇髮女妖之威光」或「巴羅爾之威光」等在內的整體範疇本身呢……？）

黑兔回想起飛鳥至今引發過的現象。

——例如讓靈格低於自己的對象服從。

——例如使靈格附加到他人身上。

——例如用靈格來提昇恩賜的力量。

如此廣義的單一恩賜當然不可能存在。所以黑兔推測飛鳥的力量原本就是具備更寬廣定義的恩賜。

蛇髮女妖之威光可以給予對方靈格石化的恩惠。

巴羅爾之威光可以給予對方靈格死亡的恩惠。

飛鳥放出的威光，是否也是直接對靈格產生作用的東西呢？

（莎拉大人打造的那個恩賜絕對不強力，甚至是連鐵塊都無法融化的護身用品。然而只要由飛鳥小姐來使用，就算原本只是能放出火焰的恩惠，是不是也能夠進行最大化，甚至成為能夠強制「燃燒」這概念的神佛神蹟呢……！）

沒錯——讓恩惠最大化。如果這是事實，意指飛鳥只要使用平凡的恩賜，就能夠獲得能與神佛對抗的力量。

同樣目睹這光景的珮絲特也開始對這份超乎尋常的力量產生強烈興趣。

（真有趣……！種種驚人的才能薈萃一堂的共同體居然還在最下層掙扎……！）

雖然現在的飛鳥還被自己的才能牽著走。

不過珮絲特依然評價若以原石來論，這是最高峰的才能。

珮絲特帶著從內心深處湧出的高昂感，沿著靠迪恩開創出的通路往前急奔。

她把手伸向「巴羅爾之死眼」，以兇惡笑容嘲笑奧拉。

「結束了，奧拉。這次換妳自己嚐嚐被『巴羅爾之死眼』射穿的滋味吧！」

「妳……妳們這幾個小丫頭……！」

奧拉發出完全沒有餘裕的叫聲，伸手壓住「巴羅爾之死眼」。

然而這行為沒有意義。由黑死病產生的幾千萬死靈群和區區魔法師，即使是再怎麼老練的術師，哪邊具備優勢依然顯而易見。

即使如此還是拚命抵抗的奧拉像是領悟般地閉上眼睛。

（……殿下，請原諒我，看來到此為止了。）

奧拉從懷中掏出一個類似槍尖的東西。

雖然那是長度和短刀相去不遠的武器，不過卻散發出燦爛耀眼的極光。拚命爭奪死眼所有權的珮絲特直到奧拉高高舉起短刀，才終於注意到那東西。

「奧拉……！那個槍尖……難道是……！」

「沒錯，這是在太古時期貫穿『巴羅爾之死眼』的『神槍・極光之神臂』的槍尖！雖然只是五個槍尖之一，不過既然距離如此靠近……！」

她以拚死的表情將短刀刺向死眼。於是死眼變化成石頭，接著裂成兩半。

一邊在奧拉手上，另一邊則落入珮絲特手中。

包圍她們的黑光漩渦發出轟隆鳴響轉換成濁流，開始不分敵我地往四面八方噴散。被彈開的奧拉落地後也差點受到黑光襲擊，在千鈞一髮之際被鈴救走。

「奧拉小姐！妳還好嗎？」

「……嗯。謝謝妳，鈴。」

鈴幫忙扶起奧拉，並直接從儀式場裡瞬間消失無蹤。由於死之光正在瘋狂肆虐，根本沒有任何人注意到她們兩人已經不見。

珮絲特拿著裂開後只剩下一半的「巴羅爾之死眼」，看著慘叫聲此起彼落的戰場。

「這下有點傷腦筋了……！」

和珮絲特過去使出的攻擊相同，這是死之光不分青紅皂白的失控破壞。應該是因為被具備高適應性的珮絲特碰觸，導致原本的力量稍微流出。

既然現在「巴羅爾之死眼」已經裂開，只能依靠時間流逝讓它自行平息下來。

「——珮絲特！後面！快閃開！」

咦？珮絲特回頭，只見失控的死光化為一束黑色光線逐漸逼近。

黑兔挺身介入兩者之間，似乎是要保護珮絲特。

「太陽之鎧啊……！」

她高舉起「摩訶婆羅多的紙片」，穿上不死不滅的鎧甲。即使如此，受到正面攻擊的黑兔還是被打得飛向後方，重重摔向地面。

珮絲特原本還沒理解到底發生了什麼事情，一會之後才猛然回神衝向黑兔身邊。

「黑……黑兔！妳……！」

「……嗚…………」

失去意識的黑兔軟軟地橫躺在地。珮絲特原本一瞬間嚇得手腳冰冷，發現黑兔只是昏過去之後，才放心地呼了口氣。

同樣一臉蒼白趕到現場的飛鳥也不安地發問：

「黑兔沒事嗎？」

「嗯，只是昏過去而已。」

飛鳥也喘口氣似乎總算安心。或許是因為黑兔召喚出太陽鎧甲帶來的好影響吧，失控的

「巴羅爾之死眼」逐漸失去威力。

兩人面面相覷，像是疲勞一口氣湧上般地當場癱坐在地。

「太好了……萬一黑兔出了什麼事，那我可就不知道該怎麼向十六夜同學和春日部同學解釋了呢。」

飛鳥真的打心底鬆了口氣。對他們三人來說，黑兔就是如此特別吧。

珮絲特在內心想像萬一她為自己而死的情況，不由得一臉苦澀。

「不過……這樣就一切結束了？」

「遊戲本身還在繼續，而且也必須趕走巨人族的殘黨。」

「噢，只有這樣的話我還可以處理，只要沒有『巴羅爾之死眼』——」

剩下的根本算不了什麼……珮絲特正想這麼說，卻表情扭曲地僵住了。

「……飛鳥，遊戲再度開始的時間是今天嗎？」

「咦？…………咦？」

飛鳥同樣看著天空僵住了。

在聚集了大量雷雲的天空中，那個無法推估出全長的存在正垂下頭部睥睨大地。

巨龍張開那能夠一口吞沒河山的巨大嘴巴，發出震撼天地的咆哮並同時衝向大地。

＊

——吸血鬼的古城，附屬城區。

湊巧遇見傑克的使魔後，十六夜和格利在引導下終於和在外面待機的愛夏等人會合。聽愛夏說完耀的推論後，十六夜露出嚴峻表情，立刻要求眾人去尋找第十三個星座的碎片。

「可惡，我怎麼會這樣，居然落後這麼多！要是春日部至少知道蕾蒂西亞的傳言，說不定就不會演變成這種狀況……！」

「這……這也不是你的責任吧，總之現在最重要的是要找出最後的碎片。」

愛夏開口安慰十六夜並搬開瓦礫。十六夜難得如此焦急，甚至還在愛夏面前失態。不過這也難怪。畢竟遊戲已經再度開始，巨龍正躲藏在雷雲之中。再這樣下去，不知道牠何時又會往下衝向「Underwood」。

（雖然目前似乎還很安分，不過一旦巨龍開始行動就會造成嚴重破壞……萬一真的演變成那樣……）

十六夜無意識地按住了左手臂。

他必須針對最糟糕的事態事先做好心理準備。

即使這一擊——將會殺死同志。

*

耀使出自己擁有的所有力量來專心防禦。一開始她繞著城堡周圍和對方交手，不過立刻領悟到在飛行技能方面無法取勝。畢竟面對一隻真正的獅鷲獸，而且還是擁有龍角的獅鷲獸時，根本沒有能在空中戰與其對抗的機會。

改變作戰的她降落到城鎮之中，躲在廢墟裡戰鬥好爭取時間。

只要能演變成游擊戰，擁有優秀五感的耀在索敵能力方面會較為有利。耀躡手躡腳地消去腳步聲，不斷從廢墟走向另一個廢墟並持續躲藏。

（只要躲在附屬城區的鬧區裡，應該比較不容易被發現……！）

這裡遮蔽物很多，能藏身的地方也很多。至少在嘎羅羅等人找到最後的碎片之前，耀必須盡量多爭取一些時間。

格萊亞從空中俯視附屬城區，嘲笑試圖躲藏的耀。

「哼，想爭取時間嗎？不過妳該不會以為光憑這點把戲就能順利藏身吧？」

格萊亞發出響亮咆哮。下一瞬間，黑色獅鷲獸的外型開始扭曲，似乎要徹底改變造型。銘刻於胸口的「生命目錄」的演化樹不斷轉換，讓牠生命應有的存在形式以及牠本身都逐漸產生變化。

骨肉扭曲摩擦的聲音在空中迴響著。耀躲在陰影處窺探著情形，卻因為太誇張的發展而屏住呼吸整個人愣住。

（那……那是什麼……？）

格萊亞的黑翼和尖嘴從身上消失，脖子上長出了三顆頭顱與巨顎，最後變化成擁有龐大身軀的猛犬。經歷過甚至已經完全看不出原型的戲劇性變化後，格萊亞化為擁有三顆頭的猛犬，降落到附屬城區之中。

以三個鼻子四處嗅聞的格萊亞直直望向躲在廢墟裡偷看的耀。

「……那裡嗎！」

牠張開巨大的嘴巴，讓龍角發出光芒並以火焰風暴襲擊。

耀連滾帶爬地逃出廢墟，立刻飛往上空。

「愚蠢的東西！妳忘記我等獅鷲獸一族即使沒有羽翼也能飛翔嗎！」

「──嗚……！」

格萊亞以強韌四肢踩踏大氣，一瞬間縮短了和耀之間的距離。牠以銳利的牙齒發動攻擊，耀在千鈞一髮之際躲開。

然而敵人是擁有三顆腦袋的猛犬，巨大的犬齒立刻發動下一波攻擊，彷彿想把耀直接咬死。連續襲擊的利齒最後掃過左腳，光是這樣就讓耀噴出了大量的鮮血。

要是不拉開距離一定會被咬死！領悟到這點的耀使出全力從下往上狠踹對方的鼻頭，再順勢往下急速降落。有一半算是被打下來的耀一著地，就因為衝擊和劇痛而面孔扭曲。

「痛……！」

現在沒有空喊痛，耀立刻起身想要逃走，但是恢復獅鷲獸外表的格萊亞卻擋在她的面前。

耀立刻做好備戰動作，然而不知為何，格萊亞卻以詫異的表情看著她。

「…………？」

「……真不懂，妳為什麼不使用『生命目錄』來變幻形體？只要使用那個恩賜，即使無法取勝，想要徹底防禦也並非不可能之事。」

「……變……幻……？」

耀喘著氣重複著格萊亞的發言。

牠以更加無法理解的態度瞇起眼睛。

「小丫頭，妳該不會不知道那恩賜究竟是什麼東西吧？」

「咦……？」

「那個『生命目錄』是製造生態兵器的恩賜。使用者將成為合成獸，無一例外，並且會藉由和其他種族的接觸來開始進行採樣……妳該不會是在不知情的情況下直接拿來使用吧？」

耀倒吸了一口氣，緊緊握住父親給的項鍊。

「接觸……並採樣……？」

「沒錯。例如先前交手時妳使用出的強勁力道，就是來自於巨人族之力。妳自己也還有印象吧？在數日前巨人族襲擊『Underwood』時，妳應該有和對方戰鬥。」

這次耀真的覺得呼吸快停止了。

當然有印象，正是那場自己慘遭巨人族一掃就被彈開的那場戰鬥。耀完全沒有想到，光是那種程度的接觸就讓自己獲得了新的恩賜。

……不，回到一切的前提，這恩賜的力量不是以心相交的證明嗎——

「……哼，真是悲哀啊，小丫頭。妳肯定連作夢都沒有想到，自己居然會在不知情的情況下，經由親生父親的雙手而成了怪物吧？」

「——嗚……閉嘴！」

耀感覺到甚至讓她忘記疼痛的憤怒，她衝向格萊亞，對準牠的下顎往上一踢。這個衝擊讓荒廢的街道往下陷落凹了個大坑。

然而格萊亞卻順勢往上一跳，接著直接在空中飛翔，從耀的頭上以更憐憫的聲音開口表示——

「即使妳繼續活下去，也只會因為領悟到自身的怪物性質並痛苦不堪吧。至少最後，妳可以多少窺見妳父親製造出的罪孽之後再死去……！」

格萊亞的龍角開始釋放出能夠覆蓋住牠全身的灼熱火焰。牠讓自身外型在火焰中逐漸變幻，最後全身都成了一個龐大身軀，並開始逐漸組合成其他怪物。黑色獅鷲獸的外型不久之後就不復存在——從火焰暴風中出現一隻擁有巨大四肢和龍角的黑龍。

「獅鷲獸……變成了龍……？」

「這就是妳父親製造出的一部分罪孽，還有『生命目錄』擁有的真正力量！」

變成黑色西洋龍的格萊亞在口中蓄積火焰並形成灼熱的光束，燒毀附屬城區。被牠擊中的位置出現如同龍捲風般的火焰風暴，讓一大片附屬城區化為焦土。

甚至可以貫通城堡地盤的破壞力，就這樣直接成為一股火焰風暴。

耀根本無處可逃，只能用旋風包住全身試圖保護自己。

（可惡……！）

然而這種防備只不過是杯水車薪。被火焰龍捲風捲入的耀毫無抵抗力地和廢墟瓦礫一起被高高捲起，接著再重重摔下。

面對似乎連大氣都能夠燒乾的熱量，尚未失去腦袋四肢已經算是奇蹟了。

即使如此，耀還是為了逃走而對四肢使力，然而卻完全沒有反應。

（手腳……動不了……）

身體宛如遭到毆打般受創，疼痛感彷彿火傷般灼熱。兩者相互作用之下讓耀痛苦得彷彿快要死去，再這樣下去連躲起來都無法辦到。

格萊亞不消多久就出現在耀的眼前，看著她的樣子輕輕搖頭。

「只要妳放棄抵抗就能簡單送命，硬要掙扎只是讓自己顯得更沒水準，小丫頭。」

「就算你這樣說……也只是讓我感到很為難。」

雖然這回應聽起來像是在說笑，然而耀真的只能這樣做了。已經麻痺的手腳和火傷引起的疼痛都在不斷地消耗所剩不多的體力。

簡直就像是俎上肉。這副模樣即使被對方瞧不起也是理所當然……耀露出苦笑。

外型是黑龍的格萊亞讓高熱聚集於口中，保持著憐憫的眼神，為了給耀最後一擊而逐漸靠近──在這短暫的時間裡──

有個年幼的身影介入了兩人之間。

「請……請離耀小姐遠一點！」

鮮花髮飾在耀的眼前晃動。挺身擋在兩人中間的是──追著耀來到此處的樹靈少女桐乃。

格萊亞以兇暴的雙眼瞪著桐乃。

「退開！小丫頭！」

「我不退！耀小姐是我們『Underwood』的恩人之一！這……這樣的人遭遇到性命危險，我怎麼能躲起來發抖……我們的尊嚴沒有那麼廉價！」

「桐……桐乃……！」

雖然眼中含著淚水，桐乃依然勇敢反駁。

格萊亞巨大的雙眼中閃過銳利光芒，哼著鼻子像是在威嚇桐乃。

「『Underwood』今晚就會滅亡。只要巨龍開始行動，恐怕連十五分鐘也撐不過。快點放棄無謂的堅持給我滾開！」

在巨大黑龍的恫嚇下，桐乃怕得身體僵硬。然而在年幼的她心中，依然有著不能退縮的理由。桐乃拚命回瞪對方，顫聲吼出自己堅定的決心：

「既然那樣……既然那樣，我更應該這樣做！我是『Underwood』的同志！既然共同體即將滅亡，那麼我們的生命也同樣只到那一瞬間！所以在這最後的一瞬間，為了共同體的恩人全心奉獻才合乎道義……！」

桐乃以隨時會哭出來的顫抖聲調對著巨龍怒吼。這是最後的行動。

格萊亞瞇起雙眼凝視桐乃——

「……好吧，那麼妳就帶著那份榮耀消失吧——」

「嗚！桐乃……！」

原本愣住的耀也拔腿往前奔跑，挺身擋在桐乃前方。然而她根本毫無對策。想要拯救桐乃，只能以自身為盾。所以耀只能就此實行，站到了桐乃身前。

已經無路可逃，甚至也沒有時間逃跑。

格萊亞發出彷彿能震撼天地的怒吼，往下擊出灼熱的光束。

*

——透過在腦中不斷閃過的跑馬燈，春日部耀回憶起至今為止的每一場邂逅。

回憶起曾經在山脈、海邊、森林、河流、茂林、湖泊、城鎮、離島、大陸、世界、異世界、箱庭中相遇並培育出的一切。

第一次有人說，希望能和我成為朋友。

因病倒下時，也有人一直默默陪伴在我身邊。

這裡有著會真心表示他們需要我的人們。

「捨棄家族、友人、財產，以及世界的一切，前來箱庭。」

原本我並沒有任何東西可以捨棄，卻有個女孩給了我改變自己的契機。

「——————」

自己怎麼能輸。只要手中還握有可能性，就絕對還不能放棄。腦裡回憶起的這些日子，絕對不只是跑馬燈現象。

——前些日子，斐思·雷斯曾經說過「生命目錄」有「進化」和「合成」兩種階段。耀根據這段忠告，從理論上無限的演化樹組合中，仿效被稱為「幻獸」的種族們來建構出邏輯。

——被稱為幻獸的物種，大部分都擁有結合了異種的外型。

例如擁有鷲和獅子等因子之種族。

例如擁有鹿和鳥等因子之種族。

還有擁有猴子、蛇、老虎等因子之種族。

正因為牠們擁有以原本的演化樹來說並不可能存在的進化系譜，所以才會被認為是夢幻的生物。

也因此，如果有什麼生物能自在操縱那系譜並改變生命的基盤——那麼牠就只能是被稱為「合成獸」的不祥怪物。

（可是，不對……！爸爸交給我的東西……並不是那樣的禮物……！）

為了讓女兒能夠靠著自己的雙腳前往外界。

基於這份心意而送出的物品，怎麼可能是那種邪惡之物。

所以耀選擇相信。相信和父親一起共度的日子，相信這份禮物，以及至今為止享受過的諸多恩惠。

——黑兔說過，所謂靈格就是人生的功績。

那麼以這雙腳經歷至今的人生軌跡，以及每一次邂逅，才正是形成春日部耀靈格的財產。

讓名為「相逢」的恩惠——匯集到父親贈送的項鍊上。

親自開拓出的世界全體；收於雙掌中的軌跡；從天地開闢起就四處馳騁直到時間終點的百萬生命系譜；從為數幾億的那些相逢邂逅中精挑細選並進化的星球發展；初等生命；高位生命；第三幻想種……從最初直到最深處，為了要徹底凌駕這一切，耀加速再加速，甚至超越了每經歷三萬兩千七百六十八次就算為一秒的定義，取得生命的集大成——！

「什麼……！」

格萊亞的聲調裡帶著驚愕。

牠發射出的灼熱光束被耀的雙掌——正在逐漸改變外型的「生命目錄」擋下。

「不對……這不是我認識的『生命目錄』……！」

原本握在耀手中的項鍊不久之後變幻成一把魔杖。

她高高舉起這把先端有著大蛇，還裝飾著綠色翅膀的巨大魔杖。

在張口露出利牙的大蛇擋住灼熱光束的下一瞬間，從先端溢出的耀眼高熱能量就化為大浪，徹底消滅了黑龍的一邊翅膀。

「嘎啊啊啊啊啊啊啊啊啊！」

這聲慘叫聽起來彷彿是臨終前的哀號。失去羽翼的格萊亞被這一擊打向城外，往地面墜落。耀在朦朧的意識中只能確定自己獲得了勝利，接著就在原地靜靜倒下。

第三章

——「Underwood」大樹底部區域。

巨龍才剛出現，就立刻把大量的魔獸送往地上。

露出毒牙的五頭大蛇、擁有灼熱背鰭的火蜥蜴。數百種異形的魔獸在地表上爬行前進，覆蓋住「Underwood」的原野。

唯一值得慶幸之事，大概只有魔獸們是缺乏統率的烏合之眾吧。

「No Name」和「龍角鷲獅子」聯盟的眾人一邊撤退，並紛紛回到「Underwood」的根部附近，在那裡展開最後的防衛線。

飛鳥坐在迪恩肩上，接二連三粉碎魔獸。在迪恩的剛強手臂壓住魔獸的那一瞬間，莎拉就放出收縮於雙手間的火焰將敵人燃燒殆盡。

眾人保護著背後的地下都市，以全身來擋下這些步步進逼的魔獸群，除此之外的戰略已經沒有任何意義。既然巨龍已經現身，除非攻略組能破解遊戲，否則戰鬥無法結束。

飛鳥和莎拉雖然並肩作戰彼此幫助，然而這也只是時間的問題。

打倒第二十隻魔獸後，莎拉擦著額頭汗水望向天空。

下一瞬間，巨龍就從雷雲中急速下降並展開衝刺。

「——嗚！巨龍下來了！所有人快找個什麼東西抓緊！」

莎拉發出如同慘叫的聲音警告眾人，瞭望台上也響起極為激烈的警告鐘聲。

巨龍扭動著即使盤繞山河後還有剩餘的巨大身軀，發出咆哮並同時從「Underwood」上空迅速一掃而過。

「——GYEEEEEEEEEEYAAAAAAAAAAAAAAAAAAAAAAAaaaaaaaaaaaaaaaaaaaaaEEEEEEEEEEEEYYAAAAAAAAAAAAAAAAAAAAAAAAAAAAAAAAAAAaaaaaaaaa！」

被巨龍的衝刺捲走的對象並不只有「龍角鷲獅子」聯盟的同志們，連那些魔獸也如同垃圾般被刮上半空。

然而眾人甚至沒有多餘精神去為了這個現象感到慶幸，因為遊戲已經再度開始。

巨龍的衝刺讓暴風、雷雨、地震等各式各樣的天災地變全都一一出現，將「Underwood」一步步引向毀滅。

無限供給的魔獸大群，以及能夠震撼森羅萬象的巨龍。

做好心理準備，認定一切只能到此為止的莎拉對著身邊正在和大蠍子戰鬥的飛鳥大叫：

「……飛鳥！你們也快點和其他參加者一起從『Underwood』……」

「我怎麼能逃！」

迪恩拔斷蠍子的尾巴，再揮拳把牠打爛。飛鳥移動視線瞄了莎拉一眼。

「十六夜同學他們還在戰鬥！一定是因為這樣巨龍才會又開始攻擊！結果妳卻要我逃走，我怎麼可能辦得到！我答應要保護『Underwood』的約定，並不是只針對妳一個人的承諾！」

飛鳥鼓勵自己般地大叫，就像是不想輸給來自天空的威脅。

莎拉也無法繼續要求飛鳥逃走。

「……抱歉……飛鳥……！」

她垂下眼簾表達歉意。這時一群火蜥蜴突然跳了過來。

千鈞一髮之際飛鳥舉起左手的寶石，讓水樹種子冒出一股濁流。火蜥蜴整群一起摔向地面，被迪恩踩扁。

與此同時，飛鳥雙手的護手和寶石都出現裂縫。

「……嗚……為什麼……！明明才用過三次而已……！」

飛鳥看著護手和寶石很不甘心地咬了咬牙。即使如此她依舊沒有退縮，和迪恩一起支撐著「Underwood」。

只能站在大樹頂端旁觀戰況的黑兔察覺到護手和寶石上產生的龜裂，因為這個不出所料的

發展而苦悶地點點頭。

（應該是靈格極大化使得恩賜的壽命也明顯縮短吧。神珍鐵那類以神話時代技術製造出的裝備還可另當別論，龍角碎片和水樹種子當然不可能承受得住。）

除非是靈格結晶的龍角或是能與其相匹敵的物品，否則恐怕都無法負荷飛鳥的恩賜吧。正因為這是強大的才能，所以也有著顯而易見的缺點。

（如果至少能拿到和「模擬神格．金剛杵」同等級的武器，就可以引發出飛鳥小姐的才能……！）

黑兔感到很不甘心，然而有權得知戰況的她還有希望。

她抬頭仰望天空，對著目前身在空中，直至這一瞬間仍在繼續戰鬥的同志們祈禱。

（十六夜先生……耀小姐……！請儘快破解遊戲……！）

戰事已經發展到必須爭取每一分每一秒的狀況。就算是一瞬間的延遲，說不定都會導致「Underwood」徹底崩壞。

黑兔承受著無力感帶來的煎熬，拚命地繼續對著同志祈禱。

＊

——吸血鬼的古城，黃道之王座。

醒來之後，耀發現自己正靠在一個熟悉，現在卻顯得破破爛爛的背上。

「……十六夜？」

「哦？妳醒啦？看來妳好像吃了不少苦頭呢。」

有點欠揍卻也帶點淘氣的哇哈哈笑聲在迴廊上迴響著。

「妳可要好好感謝桐乃和嘎羅羅大叔啊。要不是有他們兩個幫妳療傷，真不知道後果會如何呢。」

「……是這樣啊……」

耀稍微抬起頭往前看。只見嘎羅羅、桐乃和傑克三人就像是要幫十六夜帶路那般走在最前面。看樣子所有人都平安無事。

一這麼想，耀就感到全身就突然失去力氣，安心地靠在十六夜的背上。原本她正在享受這比想像中更寬闊的背部——卻突然察覺頭上不太對勁。

「……咦？」

……貓耳耳機不見了。

耀的臉色就像是血液一口氣倒流般變得慘白如紙，她用力扭動身子觀察四周。

「喂喂，不要在別人背上亂動好嗎？」

「咦……啊……對……對不起……！」

看這反應十六夜似乎還不知道貓耳耳機的存在，也就是說不小心掉在哪裡了嗎……還有一個可能是和格萊亞交戰時不慎弄壞了。

（慘……慘了……！）

可是自己又不能在目前這個時機跑去找耳機。耀雖然心裡七上八下，但依舊沒對十六夜多說什麼，只是讓他背著自己移動。

來到御座廳之後，十六夜在牆邊把耀放下。

他手上握著最後的星座——蛇夫座的碎片。

耀以感到很不可思議的態度歪著頭發問：

「十六夜你已經完全解開第三、第四勝利條件的謎題了？」

「嗯，因為我曾經聽蕾蒂西亞講過吸血鬼的歷史。」

「……吸血鬼的歷史？來到箱庭都市之前的？」

「對。據說那隻巨龍是『背負著吸血鬼世界之龍』。嗯，的確這龍看起來是很大隻啦……不過再怎麼說也沒有大到能夠拖著星星移動的地步。所以我解讀出的答案是——吸血鬼們擁有的宇宙觀應該是宗教面的比喻或暗喻之類。」

沒錯——這就是十六夜的推論：「為了防止演化樹發生變亂，吸血鬼們在巨龍背上進行監視」。

「只要知道這個前提，很容易就能聯想到這個飛空城其實是衛星的概念。所以我一開始注意到的是遊戲標題『SUN SYNCHRONOUS ORBIT』，其次則是第四勝利條件『射穿被鐵鍊綁住之革命主導者的心臟』。」

「……？那個原來還有誤導手法之外的含意？」

「當然。而且『正確形式的獸帶』這部分並不只是第三勝利條件的追加說明而已，也被用在讓造成問題的誤導手法『射穿被鐵鍊綁住之革命主導者的心臟』這句話能得出正確意義……順便問一下，春日部妳有解出答案嗎？」

「不，我沒能想通。」

耀老實地搖頭。十六夜一邊摸著王座周圍的石牆並尋找鑲嵌最後碎片的正確位置，同時有點得意地咧嘴一笑。

「這是簡單的文字遊戲。『革命』的拼法是『revolution』吧？這個字同時具備了『公轉』的意思。換句話說遊戲架構並非是根據『革命(revolution)』主導者，而是基於『公轉(revolution)』主導者和『改錯為正的動作』這兩點才能銜接起一切要素。」

耀像是靈光一閃地豎起手指，似乎很佩服地點著頭。

「也就是說，綜合起來……『攻擊身為公轉主導者的巨龍心臟』就是正確的第四勝利條件？」

「雖然有點不一樣，不過大概就是那麼一回事……只是還有一點我還沒完全想通。」

說話聲在這時斷了，因為十六夜找到了用來嵌上最後碎片的凹洞。

十六夜並沒有當場立刻把碎片裝上，而是回頭看著坐在王座上的蕾蒂西亞。

「……蕾蒂西亞，外面的巨龍……該不會是妳本人吧？」

咦？在場所有人都瞪大眼睛看向蕾蒂西亞。

蕾蒂西亞似乎很憂鬱地低下頭，臉上浮現自嘲的微笑。

「……嗯，正是那樣。」

「這……這是怎麼回事，十六夜？」

「遊戲標題有寫吧。這是太陽軌道實體化的巨龍，以及吸血鬼之王主辦的遊戲。而且蕾蒂西亞還在勝利條件裡出現過兩次。雖然要憑這些證據來下定論還不太夠，可是要進行推測並不困難。」

不知道為什麼，十六夜不高興地從鼻子裡哼了一聲。

彷彿打心底感到為難的蕾蒂西亞看著十六夜點了點頭。

「……為了把最強種召喚來箱庭，大部分的情況都需要星星的主權和媒介。而且剛好那時的我湊齊了這兩個條件。從龍之純血種產生的這個身體……還有我等『箱庭騎士』長年累積起的功績之證……也就是第十三個黃道宮的主權。」

於是蕾蒂西亞讓巨龍降臨，舉辦了殺害同志的殺戮遊戲。

使用巨龍、外表和力量，連一個人也不放過。

歷經物換星移，甚至對屍體也繼續摧殘。

「不過，今天終於可以真正結束了。只要達成勝利條件，巨龍很快就會消失。也能藉由讓我無力化來結束遊戲。」

「……可以相信妳吧？」

十六夜以帶著嚴肅神色的雙眼瞪著蕾蒂西亞。

這個提問讓耀胸中掃過不安的陰影。

（……不過，也沒有其他方法了。如果巨龍是蕾蒂西亞的本體，那麼其他勝利條件或許會害死她。只要達成能讓魔王無力化的勝利條件，那蕾蒂西亞應該也——）

這時，耀總算突然明白自己感到不安的理由。

（……要怎麼做？）

要怎麼做才能讓那隻強大的巨龍無力化？

要怎麼做才能讓被鎖鏈拴住的蕾蒂西亞得以解放？

在完全推測不出方法的情況下，十六夜把最後的碎片嵌入坑中——

這瞬間，所有發出去「契約文件」上都出現了勝利宣言。

「恩賜遊戲名『SUN SYNCHRONOUS ORBIT in VAMPIRE KING』

勝利者：參加者方共同體『No Name』

敗北者：主辦者方共同體『 』

＊根據以上結果，本遊戲在此結束。
此外，隨著第三勝利條件之達成，十二分鐘後將進行開啟大帷幕的動作。
到此之前將視為傷停時間，還請多多見諒。
夜行種族有致死之危險，請儘快從七七五九一七五外門撤離。
各位參加者辛苦了。」

＊

——七七五九一七五外門，弗爾·伯格丘陵。

從外門展望台上觀察著「Underwood」戰況的殿下對著在身後待機的鈴等人開口說道：

「……鈴，看來勝利條件被達成了。」

「嗯。不過既然他們已經發現渾天儀的碎片，我原本就認為遊戲遲早會被破解。」

唉～殿下嘆著氣在展望台的椅子上坐下。

「……真是最糟糕的結果。格老負傷，死眼被打裂，甚至還失去了原本掌控的魔王。」

「嗯～是呀。尤其是那隻龍，因為媒介和主權已經被不知道哪個人切割開來，所以進入了失控狀態。要是能讓那隻龍展開無差別襲擊就是最棒的棋子了。」

真遺憾呢～鈴如此回應。
殿下無奈地甩甩頭，重新振作精神站了起來，抬頭望向古城和巨龍。
「……算了，既然白夜已經現身，那麼無論如何我們只能撤退。這次就算是我方籌劃得不夠稠密吧。」
「嗯。不過要是一個月前珮絲特有打贏，就不會演變成目前這種情況了呢～」
鈴嘟著嘴表示不滿。
殿下瞪著鈴，金色雙眼裡露出凌厲神色。
「原因並不是只有那樣，鈴。」
「咦？」
「最大的原因…………是兩名魔王都被同一共同體打倒這點。」
而且還是活動受到限制的「無名」共同體，居然兩次都成功討伐魔王。
即使扣掉「箱庭貴族」這優勢，也是值得驚嘆的了不起成績吧。
鈴也同意地點點頭，來到殿下身邊站定。
「我也認為那個『No Name』是擁有有趣優秀人才的寶庫。」
「嗯。如果下次還有機會碰面……到時候我也來跟他們玩玩吧。」
只留下這句話後，兩人一起消失無蹤。
兩人離開之後並沒有留下任何痕跡，外門周圍只有將近一百隻的魔獸屍體四處散落。

＊

——吸血鬼的古城，黃道之王座。

春日部耀無法理解意義。

她把「契約文件」翻來覆去地看過一遍又一遍，才緩緩把視線移向蕾蒂西亞。

「……這是怎麼一回事？」

「正如上面所寫，從現在開始十二分鐘後箱庭都市的大帷幕會獲得解放，太陽光即將普照大地。而這道光應該會讓巨龍身影消失在太陽軌道之中。」

和從星空中現身那晚相同，巨龍將會回歸星海之中吧。

然而一旦開放大帷幕，就代表太陽光將會直射箱庭都市——

「……蕾蒂西亞妳會怎樣？」

房裡是一片沉默。

蕾蒂西亞閉上眼，以懺悔態度講出真相：

「——應該……會死吧。龍的媒介是我，而且正如妳所見，這個王座上方是由水晶製成，肯定會受到太陽直射。」

「……可……可是妳說只是會被無力化……」

「那是謊話。」

蕾蒂西亞面無表情地回答。

克制不住自己的耀伸手想要揪住蕾蒂西亞的領口，然而她的手卻只是空虛地穿過蕾蒂西亞的身體揮了個空。

「這……這是什麼……」

「我不是說過了嗎？我的身體是龍的媒介，王座上的我是對付入侵者用的模擬餌。舉例來說可以視為是精神體。本來只要一碰到我，影子就會出現並擊退敵人……不過看樣子果然是被十六夜打倒了。」

蕾蒂西亞帶著苦笑看向十六夜。

十六夜什麼都沒有回答，只是瞇了瞇眼把臉轉開。

待在王座前方的耀依然低著頭雙手不斷顫抖，從喉嚨裡擠出似乎正在強忍情緒的顫抖聲音。

「……這遊戲從一開始……不管達成哪個條件……蕾蒂西亞妳都會死嗎……？」

「嗯，只有承擔起那麼多風險，才能把如此兇惡的懲罰條款放入遊戲中吧？捨棄主辦者方的勝利，捨棄各種形式的救贖……最後連生命都要捨棄，腐朽消逝。」

「……嗚……！」

「對你們兩位真是過意不去，用了這種類似欺騙的手法把痛苦的任務強加在你們身上。不過請你們務必理解，我再也……不想殺害同志了。」

蕾蒂西亞像是總算放下肩上重擔般地露出虛幻笑容，那頭閃閃發亮的金髮微微晃動。在場所有人都無法繼續多說什麼。城外可以看到雷雲依舊如浪般形成漩渦，誇示著巨龍的壓倒性存在感。要是蕾蒂西亞先坦白告知真相，使得達成勝利條件的時間點也隨之延後，恐怕就會造成在地上的飛鳥和莎拉必須承受相對更長時間的負擔吧。

很明顯，每一分每一秒的躊躇都會影響到「Underwood」和「龍角鷲獅子」同盟的存亡。

「──────」

仔細回想起來，蕾蒂西亞對共同體的奉獻心原本就非比尋常。

即使神格被奪走，人權被奪走，還被當成物品拿來買賣。

為了趕來拯救共同體的危機，她甚至不惜付出如此多的代價。說不定在蕾蒂西亞的內心深處，已經因為殺死同志的污名而形成了某種強迫觀念。

「──────」

成為魔王，走上必定滅亡的道路。

所以這個結果也是理所當然，沒有任何酌情減刑的餘地。

然而即使如此──還是無法完全放棄的春日部耀抬起頭。

「……我明白蕾蒂西亞妳的情況了。」

她撐著已經遍體鱗傷的身體，把視線投向王座。在蕾蒂西亞似乎很愧疚地把視線朝下轉的那瞬間，耀露出了極為堅決的眼神，開口說道：
「重點就是，只要在大帷幕打開前，擊穿巨龍的心臟就可以了吧？」
「……咦？」
一瞬間以為自己聽錯了的蕾蒂西亞立刻抬起頭。
然而耀依然以毫無動搖的眼神瞪著蕾蒂西亞。
「蕾蒂西亞，妳並沒有錯。現在無論如何都必須儘快破解遊戲，這也是為了正在地上拚死戰鬥的飛鳥他們……而這個目的已經達成了。所以，接下來的事情完全是我一個人的責任。」
耀拖著被燒傷的腳，轉身背對王座。
蕾蒂西亞的臉色唰地變白，對著御座廳裡所有人大聲訴說：
「快……快來人快阻止耀！那孩子是認真的！她是真的想去和巨龍戰鬥！」
即使被鎖鏈拴在王座上，蕾蒂西亞也激動得彷彿隨時會衝出去。然而不要說是十六夜，甚至連嘎羅羅和傑克也沒有表現出打算阻止耀的意思。
十六夜聳聳肩把耀扛了起來，嘴邊浮現似乎有點受不了的笑容。
「既然蕾蒂西亞都那樣說了，所以我只確認一次──妳是認真的吧？」
「嗯。」
「是嗎？那我也來幫忙。」
「十六夜！連你都說在胡說什麼！」

「我說要我要打倒巨龍……不，其實直到剛才為止，我也鼓不起勁去做這種事情。不過，我總不能為了自暴自棄的女僕而讓春日部白白赴死吧？」

十六夜不以為然地搖著頭，然而他的眼中依然沒有笑意。

察覺到十六夜是認真的蕾蒂西亞倒吸一口氣，以最大音量大叫：

「太愚蠢了……我看錯你了，十六夜！我還以為你更有智慧，是可以把共同體託付給你的對象……！結果你卻說出了這麼欠缺責任感的發言……！」

「嗯，是呀，我不但沒有阻止想去赴死的自己人，甚至還說要和對方一起去。我一定很欠缺責任感吧……不過啊，那種連責任都不打算擔負起的傢伙，就是膽小又卑鄙之人。」

十六夜帶著怒氣的眼光彷彿可以貫穿蕾蒂西亞。

發現十六夜拐著彎罵自己「既膽小又卑鄙」的蕾蒂西亞一瞬間啞口無言。

「正如春日部所說，妳什麼都沒錯，至於春日部也沒錯……然而我唯一支持的，卻只有後者。比起能夠犧牲自我的聖者，去幫助理解力差的勇者反而更能讓我認同一百倍。」

十六夜用力摟住耀傷痕累累的肩膀。這些傷口一個一個都強烈顯示出耀在這場戰鬥中賭上的決心有多麼堅定。

結果關鍵的……那名被囚禁的公主不但沒有察覺，甚至還想糟蹋這份心意。

這份欠缺體貼的行徑，正是十六夜最無法原諒的部分。

「既然無法成為徹底的悲劇，我就要親手把這齣戲劇改變為喜劇——所以妳做好心理準備吧！我們將要打倒巨龍——徹頭徹尾地確實拯救妳！」

對吧？十六夜對耀一笑。

耀也以最燦爛的笑容回應。

＊

——「Underwood」大樹底部區域。

「契約文件」上面記載的勝利宣言，提高了所有參加者的士氣。

壓住凌亂紅髮的莎拉指著「龍角鷲獅子」旗幟大吼。

「我等的勝利已經確定！接下來只要打退這些烏合之眾！同志們！這是最後了！拚死竭盡全力吧！」

英勇的喊殺聲震撼了大樹底部。因為連番激戰而疲憊不堪的同志們也重新振作起精神，鼓起足以擊退魔獸大群的氣勢投身於戰鬥之中。

飛鳥雖然也是其中之一，不過讓她提高士氣的原因卻另有其他。

詳情自然不必多解釋，即使是飛鳥，也能夠迅速聯想到開放大帷幕會對蕾蒂西亞造成什麼影響。

然而就算有此前提，飛鳥仍對勝利毫無懷疑。更嚴謹的說法是，她堅信能取得不失去任何人的完美勝利。

（十六夜同學……還有春日部同學……絕不可能對蕾蒂西亞見死不救……！）

縱使到最後還是必須失去蕾蒂西亞。

那也是拚死竭盡全力之後獲得的結果。

為了到那時也能夠抬頭挺胸，無愧面對彼此——飛鳥直到最後都絕對不能放棄。

「——喂！大家快看！巨龍又下來了！」

「這次高度壓得相當低！」

「該不會……是想要直接突擊『Underwood』吧——！」

恐懼和戰慄情緒流竄過全軍。

在這種情況下，飛鳥一個人默默定下了決心。

那就是……自己必須挺身擋下巨龍。

＊

——吸血鬼的古城，最前端的懸崖。

十六夜和耀的行動很迅速。既然擁有共通的敵人和目的，那麼自然完全不需要多餘的語言。十六夜盯著耀的眼睛，直截了當地提出請託：

「我會攻擊巨龍的心臟，妳能帶我飛過去嗎？」

「嗯……啊，不過你稍等一下。」

耀以像是突然想到什麼的態度拿出「生命目錄」。和格萊亞戰鬥時雖然因為過度專注而忘我，然而現在卻不同。耀鮮明地回想起那時候的情況，從幾千萬的系譜中來挑選組合出演化樹，並抽出依附於生命中的奇蹟結晶。

（上次是進入了忘我的狀況……不過這次要仔細謹慎地建構才行。）

內心裡，耀對新力量感到高度的期待。先前構築出那把杖時，她成功顯現了未曾見過的幻獸之力。

換句話說只要組合正確，耀就有可能提取出尚未遇過的幻獸們所擁有的力量。

（雖然什麼合成獸之類還充滿謎團感覺很可怕……不過現在不是說這種話的時候。眼前的第一要務是必須將十六夜順利送到定點……所以並不需要困難的組合。要模仿可以在空中飛翔，而且能高速奔馳的幻獸……！）

「生命目錄」產生變幻，化為光線包住耀的雙腳。

耀穿在腳上的皮製長靴被覆蓋上白銀鎧甲，先端還長著散發出燦爛光輝的白色羽翼。

「成功了……！」

耀讓「生命目錄」變幻成模擬尚未親眼見過的憧憬幻獸之一——飛馬(Pegasus)羽翼的靴子，接著把視線移往十六夜身上。

「久等了。接下來只要……十六夜？」

只見十六夜一言不發地眨了幾次眼睛，以充滿興趣的態度很沒禮貌地盯著耀的腳猛瞧。接著他先用力深呼吸，才睜著閃閃發亮的雙眼對耀說道：

「……真驚人，這是什麼？看起來真是超帥！」

「是……是嗎？很酷？」

「嗯，超酷的啦！」

兩人都對彼此豎起大拇指，感覺這是至今為止雙方心靈最相通的一次。

不過耀立刻換了個表情，似乎很為難地發問：

「不過，我只能幫忙帶你過去，接下來就全都要交給十六夜你了……這樣也沒關係？」

「包在我身上。春日部妳都讓我見識到這麼帥氣的東西了，我當然也得拿出自己的壓箱寶啦。」

「……是嗎？那麼，要走了嗎？」

當然！十六夜重重點頭回應。

然而對話才剛結束，巨龍就突然開始急速往下俯衝。

＊

——吸血鬼的古城，黃道之王座。

目送兩人離開之後，蕾蒂西亞茫然地抬頭望著水晶天花板。

即使只快一分一秒也好，她希望太陽能盡早把這個身體燒毀。

萬一在這段期間內自己奪走了同志的生命……真的是死也無法瞑目。

（十六夜……耀……為什麼要做這麼傻的事情……）

那名在蕾蒂西亞即將成為魔王之前唐突現身的男子曾講過的發言，在她的胸中往復來去。

每當在腦裡反芻那番話，蕾蒂西亞就感受到彷彿心如刀割的強烈痛苦。

「——主張要捍衛無法保護之物，援助無法拯救之人！這等於是小丑般的滑稽行徑啊！妳怎麼可能會不懂這一點呢……！」

由於過於悔恨，蕾蒂西亞彎腰往前倒下，像是要抱住自己的身體。或許是對這樣的蕾蒂西亞有什麼想法吧？嘎羅羅靠了過來，緩緩點頭同意。

「是啊，主張要捍衛無法保護之物，援助無法拯救之人……這種人的確是小丑——不過，蕾蒂西亞。如果有人能成功實現這種事……那麼必定就是英雄，毫無例外。」

「這……這個……」

「而且我們從以前到現在，曾經多次從近距離親眼見識到那樣的人吧？結果到了現在，妳卻要說只有那些孩子無法讓妳信任嗎？」

嘎羅羅的語氣溫和得像是在教導嬰兒。

蕾蒂西亞無法反駁只能把臉轉開，露出隨時會掉下眼淚的表情。

「那些孩子察覺出妳不想殺害同志的痛苦心情。正因為如此，才會為了救妳而賭上自己的性命。」

「……嘎羅羅……」

「相信吧，蕾蒂西亞。那些孩子一定會……拯救妳脫離魔王的過往罪孽。」

＊

——「Underwood」大樹底部區域。

巨龍將兇暴的大嘴張到極限，朝著「Underwood」東南方原野的地平線急速下降。在即將與地面撞擊的前一瞬間牠改變前進方向，發出咆哮並對大樹發動突擊。

和迪恩一起站在最前線的飛鳥以灌注了全副精神力的聲音大叫：

「迪恩！立刻巨大化到極限！快點！」

「DEEEEEeeeEEEEEEN！」

彷彿在回應著飛鳥的命令，身高三十尺的巨大身軀逐漸膨脹。中空的身體裡注入了熱意與靈魂，轉眼之間就增長到足以和大樹並肩的高度。

雖然迪恩巨大化後和巨龍頭部大小相當，然而飛鳥卻很清楚光是這樣並不夠。

（靠我的命令，無法讓迪恩的重量增加到十倍以上……！）

沒錯，這是經過實驗後得出的結果。正常來說無論神珍鐵的體積再怎麼增加，原本的重量也不會改變。然而只要經過飛鳥的命令，神珍鐵最多可以膨脹到十倍的重量。

雖說這主要起因於增加重量會和神珍鐵靈格形成核心的那部分重量成比例，然而追根究柢來說，也和飛鳥的力量與「質量變化的恩賜」契合度偏低有關。

飛鳥的「威光」是局部性，而且是短暫性的靈格極大化。

碰上水樹那種讓水增減的恩賜或神珍鐵之類的恩賜，效力無法長時間持續。

「可是……只能拚了……！」

「住手！飛鳥！妳瘋了嗎！」

莎拉拍著火焰翅膀來到飛鳥身邊。

雖然莎拉拉起飛鳥的手催促她逃走，然而飛鳥卻明確搖頭否定莎拉的要求。

「不行……！我們的背後就是『Underwood』了！」

「我知道！即使明白後果我還是要來帶妳走！」

「我也很明白後果呀！」

「妳到底是明白哪個後果！妳這種行為只是在自殺！」

「就算像是在自殺也無所謂！如果我在這裡逃了，一輩子都會後悔！」

飛鳥甩開莎拉的手，以堅毅的眼神回望她。

「如果巨龍在這裡破壞了『Underwood』……我所有的朋友都或很傷心。所以我絕對不後退……！」

飛鳥非常清楚，無論是黑兔、十六夜、耀、莎拉……還有身為加害者的蕾蒂西亞，所有人都會因此留下傷害。

除了託付給她的責任，還有更重要的事物。所以她不能退，也不能屈服於巨龍帶來的恐懼。

從正面承受飛鳥決心的莎拉瞪大眼睛，靜靜地嘆了口氣。

「……妳不能走？」

「我不能走。」

「……即使會死？」

「……要我走寧可死。」

飛鳥以毅然決然的決心如此斷言。而紅色的鋼鐵人偶也彷彿在回應主人的堅定意念而擺出備戰態勢。光靠著這份魄力就能明白，即使這是無法取勝之戰，也絕對不能退縮。

縱使費盡千言萬語，大概也已經無法阻止他們了。

為了保護「Underwood」，他們已經做好即使賭上一切也在所不惜的心理準備。

認定自己也不需再多說什麼的莎拉也下定了最後的決心——

「——我明白了。既然如此，我也表現出同等的決心吧……！」

莎拉拔出佩帶在身上的劍，斬斷了象徵一族榮譽的龍角。

她的一頭紅髮被鮮血染濕，轉眼之間就成為鮮艷的紅色。

這瞬間——無法理解發生什麼事的飛鳥啞口無言地愣住了。

「……妳……」

妳做什麼……這句話她無法說出口。面對莎拉的決心，飛鳥實在說不出這種話。

頹然欲倒的莎拉將龍角交給飛鳥，強忍著激痛開口說明：

「……龍角是高純度的靈格，應該能和神珍鐵互相融合……！」

「可……可是……即使那樣也無法保證能擋下巨龍啊……！」

飛鳥悲痛地搖著莎拉的肩膀，然而已經意識朦朧的莎拉搖了搖頭。

「如果是妳……一定……能擋住……！請守住『Underwood』吧……！」

只留下這句話，莎拉就失去了意識。

飛鳥用顫抖的雙手抱緊莎拉，把她的龍角呈給迪恩。

成為純粹靈格並解放力量的龍角和迪恩的裝甲融為一體，它中空的軀體開始噴出帶有紅色

熱氣的氣流。

這是莎拉投注長達兩百年歲月而淬礪出的恩惠。

無論如何都絕對不能浪費她的這份心意。

飛鳥緊緊抱住已經失去意識的莎拉，百感交集地大叫：

「——迎擊巨龍吧！迪恩！」

「DEEEEEeeeEEEEEN！」

中空軀體的縫隙間噴出紅色氣流的迪恩往前衝刺。

它用強壯的雙臂抓住巨龍的下顎，以甚至使地面外翻的沉重步伐來和巨龍正面衝突。比山河還要龐大的巨龍衝撞雖然一口氣就把迪恩推得連連後退，然而這具鋼鐵人偶依然支撐住了。

肩膀上的裝甲碎裂，和地面摩擦的腳逐漸磨耗，粗大的手臂彷彿隨時會被巨龍的下顎咬斷。即使如此，迪恩依然不能後退，怎麼能夠後退。

飛鳥抱緊全身染血的莎拉，擠出全身力道大叫：

「快停下來————！」

「——GYEEEEEEEEEEYAAAAAAAAAAAAAAAAAAAAAAAaaaaaaaaaaaaaaaaaaaaaEEEEEEEEEEEEYYAAAAAAAAAAAAAAAAAAAAAAAAAAAAAAAAAAAaaaaaaaaa！」

巨龍也發出了雄壯的咆哮，緊緊咬住紅色鋼鐵人偶的右手。

迪恩判斷這是勝利的機會，用空著的左手從下方把巨龍往上打。巨龍的頭部被撞向與大樹頂端等高，咬斷迪恩的半邊身子往上空衝去。

——這時，被拋向半空的飛鳥抬頭仰望天空。

隨著箱庭都市的大帷幕開放，原先隨時籠罩著「Underwood」的烏雲已經在陽光照射下逐漸消散。而巨龍也被導向打開的大帷幕，在耀眼陽光中逐漸融化消失。

——黃道的化身，從太陽軌跡中現身的巨龍……現在正要回歸到星海之中。

巨大身軀慢慢變得透明，刻鏤在心臟上的神聖極光也緩緩浮現。

一道白銀色的流星抱著十六夜追了上去，彷彿等待這時機已久。

「找到了……第十三個太陽——！」

十六夜將原先用雙手抑制住的光柱匯聚成一束，射穿巨龍的心臟。

巨龍並沒有發出死前的最後慘叫，全身都在光芒中靜靜消失。

於是，巨龍的心臟中落下了另一個太陽——蕾蒂西亞，成功接住她的耀一邊以身體幫忙遮擋陽光，同時高高舉起自己的右手。

終章

「Underwood」貴賓室，大樹的水門。

在遊戲結束後又過了兩天，蕾蒂西亞才終於清醒。大概是因為能在地下水門附近聽到的喧囂吵鬧聲傳進了她的耳中吧。

「……啊，妳醒了？」

眼前正看在自己的人是春日部耀。表現出平常那種文靜氣質的她正坐在床邊幫三毛貓梳毛。

「……我……」

「身體方面沒有異常，只是睡了兩三天。」

耀摸著三毛貓的下巴讓牠發出咕嚕聲。

「……妳該不會一直都待在這裡等我醒來？」

「不是一直，而是盡量。要是一直昏睡，結果好不容易醒來時床邊卻沒有任何人在，一定會感到不安吧？所以我們是按照順序，輪流來等。」

「……輪流？」

蕾蒂西亞稍微從床上起身，提出疑問。在這瞬間，造成「喀鏘！」吵鬧聲響的黑兔就衝進了房內。

「耀小姐！人家來換班了…………啊！蕾蒂西亞大人！您醒了嗎！」

「嗯，剛醒。」

「是……是這樣嗎……！那麼人家現在就去請大家過來！」

黑兔發出開心的叫聲，一轉身又衝出了房間。

雖然她無論何時都如此吵鬧，不過這份聒噪卻讓蕾蒂西亞產生難以言喻的懷念感受。

「被綁在王座上時，其實我已經做好赴死的心理準備了……真是的，我的主子們全都是一些沒有極限的人物。」

「沒錯，所以蕾蒂西亞妳以後必須為我們盡心盡力……因為，我們都是同一個共同體的同伴呀。」

耀有點難為情地笑了，然後從椅子上站了起來。

「對了對了，其實收穫祭決定要再次重新舉辦。雖然地下都市已經殘破不堪，不過聽說會以大樹為舞台，舉辦各式各樣的恩賜遊戲喔。」

「……是嗎？嘻嘻，真讓人期待。」

「嗯，我得去報名參加『Hippocamp 的騎師』所以要暫時離開一下，晚點會再和大家一起過來。」

離開房間的耀露出了過去從不曾展現的笑容。

感覺她的背影如同太陽般耀眼的蕾蒂西亞舉起手來遮擋，接著開始低聲啜泣。

「……原來……我的太陽並不是只存在於天上。」

蕾蒂西亞將這份切身感受與幸福感深藏於心中，再度進入夢鄉。

下一次醒來時就是收穫祭了。蕾蒂西亞想像著將要和如同太陽般閃耀的同志們一起往前邁進的明天，並把意識託付給溫柔的迷濛夢境。

*

——「Underwood」收穫祭總陣營。

「十六夜先生！仁少爺！蕾蒂西亞大人醒了！」

砰！黑兔推開房門，精神飽滿地衝進室內。

然而總陣營裡除了十六夜和仁以外還有另外一人在場——「Thousand Eyes」的那名女性店員正以冷淡的表情迎接黑兔。

「……妳還是老樣子，總是這麼冒冒失失。」

「別那樣說嘛，這也是黑兔的特色之一。」

女性店員很不以為然地嘆了口氣，十六夜臉上則帶著與平常無異的輕薄笑容。沒有預料到女性店員也在場的黑兔尷尬得面紅兔耳赤，對著她打起招呼：

「好……好久不見了。沒想到妳也有來參加收穫祭……」

「不，我剛剛才到達『Underwood』，因為今天的我擔任『Thousand Eyes』的特使。」

女性店員這麼說完，再度擺正姿勢。聽到這句話，黑兔才發現她今天並沒有穿著平常那件日式圍裙，而是換上了色彩艷麗的和服，還上了點不會惹人不快的淡妝。

店員拿出一卷看來古典的卷軸式文件，裝模作樣地咳了一聲。

「白夜叉大人已將主旨為『想針對本次討伐魔王的功績進行犒賞』的信函託付給我。」

「什麼？除了讓蕾蒂西亞隸屬化以外，還有別的封賞嗎？」

「是的。原本魔王蕾蒂西亞的隸屬和『蛇夫座』所有權是成對之物……然而『蛇夫座』的所有權是借給『全權階層支配者』的權利，換句話說無法賜予單一共同體。因此，這次要進行的功績封賞，等於是針對這部分所做的補償。」

原來如此~十六夜點點頭像是在表示理解。不過繼續癱在椅背上的十六夜並沒有想到什麼特別想要的東西，因此直接把視線移向其他兩人。

「黑兔和小不點少爺有什麼想要的東西嗎？」

「人……人家並沒有什麼特別想要的東西……而且，畢竟人家這次幾乎都無法參加遊戲。」

「是嗎？那小不點少爺你有嗎？」

「有。」

仁立刻回答。這感覺就像是早就在等人發問的即時反應雖然讓十六夜有點驚訝，不過也反而引起了他的興趣。十六夜整個人往前傾把身子探到長桌上方，以興致勃勃的態度發問：

「難得看到小不點少爺要求獎賞，是不是找到了什麼想要的東西？」

「也……也不能算是我想要的東西啦。只是我們『No Name』的名聲也逐漸打響，所以我認為差不多可以往下一個步驟邁進……」

聽到這句話，十六夜更是睜大雙眼深感意外，其他兩人也同樣吃了一驚。

不用說，目前「No Name」的活動方針主要是靠十六夜負責擬定。結果並非提案人的仁卻講出要進行下一個步驟，這實在太讓人意外了。

保持身體前傾姿勢的十六夜不解地歪了歪頭。

「……小不點少爺？你到底想要什麼？」

不只十六夜，其他兩人也表現出洗耳恭聽的態度。

仁似乎有點難為情地先咳了一聲，才提出了想要的報酬：

「我想要的獎賞有二。

一，讓『No Name』升格為六位數的共同體。

二，歸還『No Name』原本在六位數地區擁有的土地和設施——以上。」

三人全都皺起了眉頭。聽完仁的提案，女性店員的反應已經不只是不以為然，而是以近似輕蔑的視線瞪著他。

「開什麼玩笑。要升格為六位數共同體，裝飾於外門的旗幟為不可或缺之物。一個沒有旗幟的無名共同體，居然想要破例獲得認可——」

「不，我們會製作出新的旗幟，而且是在不解散原本共同體的情況下，準備好新的旗幟。」

啊？女性店員以變了調的聲音回問。黑兔同樣無法理解仁的發言，以似乎很困惑的態度歪著兔耳。只有十六夜一個人似乎已經充分理解仁的意思，開口大表讚賞之意。

「原來如此……是嗎，原來還有這招！的確，要是我們的名聲還沒打響，就無法採用這個方法。」

「是的。如果採用這個方法，我們就可以在不解散共同體的情況下製作新的旗幟。」

兩人看著對方點頭，似乎已經彼此充分理解。然而不明白其中含意的黑兔和女性店員只能繼續歪著頭面面相覷。

十六夜哇哈哈笑了幾聲，對困惑的兩人公布解答。

「單一組織無法擁有旗幟吧？那麼只要找複數的組織一起聯合推出旗幟，並拿來作為替代品使用即可。」

「沒錯，這就是讓我們『No Name』唯一能擁有旗幟的手段——我要製作聯盟旗幟。」

後記

各位好久不見。沒想到這部（唬人的）現代風異世界衷心誠意奇幻作品《問題兒童系列》這次居然要改編成漫畫版了！而且據說還決定會分別在一般雜誌與網路雜誌這兩種媒體上進行連載，描繪出被徹底玩弄的黑兔和失控的問題兒童們。這全都歸功於各位讀者的支持，真的非常感謝……不過竜ノ湖我在這邊冷靜地重新看過之前出版的作品之後，突然產生了一個想法。

黑兔最近被玩弄得不夠呢。

………不不，這怎麼行呢！果然黑兔還是要被徹底玩弄才能算得上是《問題兒童系列》吧！所以呢，雖然並不能算是要慶祝改編漫畫版，但我預計下一集要回歸初衷，並且要試著專心寫出黑兔被充分玩弄的故事。

而且追根究柢來說，我是因為想讓角色們穿上泳裝才寫了這個「Underwood」篇，為什麼會演變成現在這樣！這一定也全都是魔王的錯！絕對不是缺乏計畫的我本人該反省！

如此這般，「Underwood」篇將會持續到下一集。順便提一下這次也在ザ・スニーカーＷＥＢ網站上公開了免費的短篇故事，歡迎各位有空時前往閱讀。

下一集預定在夏天發售。今年我也會好好加油，還請各位繼續多多關照指教！